梦·红色经典电影阅读

侦察兵

张照富 改编

中华工商联合出版社

图书在版编目（CIP）数据

侦察兵 / 张照富，严铠改编 . —北京：中华工商
联合出版社，2013.7

ISBN 978-7-5158-0600-6

Ⅰ.①侦… Ⅱ.①张…②严… Ⅲ.①中篇小说—中
国—当代 Ⅳ.①I247.5

中国版本图书馆 CIP 数据核字（2013）第 157948 号

侦察兵

改　　编：	张照富　严　铠
策　　划：	徐　潜
责任编辑：	魏鸿鸣　付德华
封面设计：	赵献龙
责任审读：	郭敬梅
责任印制：	迈致红
出版发行：	中华工商联合出版社有限责任公司
印　　刷：	天津海德伟业印务有限公司
版　　次：	2014 年 3 月第 1 版
印　　次：	2018 年 4 月第 2 次印刷
开　　本：	710mm×1000mm　1/16
字　　数：	147 千字
印　　张：	15
书　　号：	ISBN 978-7-5158-0600-6
定　　价：	29.80 元

服务热线：010—58301130　　　　工商联版图书

销售热线：010—58302813　　　　版权所有　侵权必究

地址邮编：北京市西城区西环广场 A 座
　　　　　19—20 层，100044

http：//www.chgslcbs.cn

E-mail：cicap1202@sina.com（营销中心）

E-mail：gslzbs@sina.com（总编室）

凡本社图书出现印装质问
题，请与印务部联系。

联系电话：010—58302915

编委会

演职员表

编　剧：李文化

导　演：李文化

副导演：李　伟

摄　影：孙昌一

美　术：张先得

作　曲：时乐濛　陆祖龙

指　挥：姚关荣

演　唱：吴雁泽　单秀荣

侦察参谋郭锐 ……………………………………… 王心刚

侦察兵大刘 ………………………………………… 金征源

侦察兵姜排长 ……………………………………… 王达成

司令员 ……………………………………………… 郑　重

政　委 ……………………………………………… 于　洋

侦察兵小胡 ………………………………………… 程学钦

妇女主任孙秀英 …………………………………… 杨雅琴

孙大娘 ……………………………………………… 于　蓝

剧情说明

1948 年初，人民解放军从战略防御转向战略进攻，国民党反动派的军队被迫转入重点防御，龟缩进几座大城市作垂死挣扎。

我人民解放军某部命令侦察参谋郭锐带领一支侦察队，深入丰城一带的敌占区侦察，为大部队进军扫清道路。

侦察队披星戴月、翻山越岭直插敌占区。为了便于行军，他们化装成国民党军的搜查队。在途中，他们遇到了一队国民党的还乡团，在队伍中还押着几个人。经过盘问，郭锐他们得知，被抓的人中，有一个是农会会长，还有一个是当地的女干部孙秀英。

郭锐他们机智地从还乡团手中救出了这两个地方干部，然后跟他们住进了一个小村庄。孙秀英是房东孙大娘的女儿。孙大娘向解放军表达了敌占区人民日夜盼解放的心情，村里的游击队和群众有力地配合了侦察队的活动。

郭锐在孙秀英他们的配合下，进入丰城，与地下党取得了联系，不仅了解到敌人增设炮团和新调来作战处处长的情况，还得知还乡团要到村里来抓捕我地方干部。

侦察队再次设计骗出了还乡团头子，乘机除掉了这个地头蛇。为了摸清楚敌人炮兵团的火力配系情况，郭锐化装成敌人新调来的作战处长，深入敌人炮兵阵地进行侦察。他以"老同学"的身份骗取了敌炮兵团长黄宇轩的信任，并抵挡住了敌搜索队长王德彪的盘问。郭锐假借作战处长的身份，顺利拿到了敌人炮兵团的火力配系图，并了解到敌人正在召开紧急防务会议的消息。

为了解敌防务会议的情况，郭锐再次来到敌炮兵团长家里，抓住他贪生怕死的弱点，了解到了敌人即将全部集结在丰城内固守，并得到敌情报处长要到各地视察的消息。敌搜索队长王德彪得知上当以后，开始全城搜捕郭锐他们。

郭锐刚刚离开，敌人就开始全城戒严进行搜捕。侦察队战士小胡开枪引诱敌人，使郭锐脱险。孙秀英把小胡藏在水房老大爷家，老大爷机智地掩护了子弟兵。

为了查清敌人的收缩时间和行军路线，郭锐再次率领战士们在城南关设卡，计划智擒敌人的情报处处长。郭锐先抓住了王德彪，然后又抓住了李处长，逃出了丰城。

得到消息的敌师长大为恼火，他下令对郭锐他们围追堵截。郭锐他们在城外对追来的敌摩托队打了一个漂亮的伏击；孙秀英他们也带着民兵成功阻击住了合围之敌。

得到郭锐他们的准确情报以后，我军开始对丰城之敌展开攻击。郭锐他们有力地配合大部队全歼了丰城之敌。

在庆祝解放的锣鼓声中，郭锐他们又接受了新的任务，出发到新的敌占区进行侦察。

序

　　曾经，拾起过草地上被吹落的发黄的银杏叶，夹在了日记里，再打开时，记住了那个秋天里青春的憧憬；

　　曾经，哼起过电台里被播放的欢快的流行曲，抄在了笔记上，再打开时，记住了那段岁月里相伴的愉悦；

　　曾经，流连过影院里被放映的精彩的故事片，存在了脑海中，再打开时，记住了那些回味里温暖的片段；

　　我们的曾经，是记忆的积累，留不住岁月，却留住了记忆。翻开日记时，银杏的纹络依然清晰，打开笔记时，歌词的墨迹仍然青涩。那些往事都留住了，只是在某个时刻，突然想起了那部电影，多少却有些浅忘，因为我们的笔记本里承载不了那么多的信息，只能记在脑海里，在岁月的洗涤中淡却了一些章节。

　　我们一直致力于电影连环画在读者中的普及，十年间制作了数百本电影连环画，发行量近百万册，在读者中建立了良好的口碑并取得了积极的社会效应。今天，我们将那些存在我们记忆深处的经典电影以图文版的形式制作成册，让我们重新回味那脍炙人口的故事，再度拾起从前那观看电影的快乐时光。

　　抬一把凳子，再也找不到露天电影；下一段视频，却没有充裕的时间观看；那么，就躺在床上，翻开这一本本图文本，将故事延续到梦里——记得那时年少，记得那时年轻，记得那时……

枕边，这一册册的电影图文本，还有一摞摞的日记和笔记本，都是我们记忆中的音符，目光触及时，在心里流淌成歌，相伴过的曾经，把美好的记忆延续到永远。

赵刚

2014 年 3 月 6 日

目　录

第一章

奉命令深入敌后

解放战争时期，人民解放军在粉碎了蒋介石数百万反动军队的进攻之后，已经从战略防御阶段转入到战略进攻阶段。毛主席在当时号召全军：打倒蒋介石，解放全中国！在华东解放区，各部队积极响应了毛主席的号召，正在紧锣密鼓地训练着兵。此时，一匹战马正在飞

☆解放战争时期，人民解放军在粉碎了蒋介石数百万反动军队的进攻之后，已从战略防御转入战略进攻。毛主席号召全军：打倒蒋介石，解放全中国！在华东解放区，各部队正加紧练兵。此时，一匹战马正飞驰向前。

驰着向前。

人民解放军侦察连的连长郭锐正策马飞驰在广袤的土地上，从前线传来的一连串的胜利讯息，鼓舞着这个优秀的战士，喜悦的光芒泛在他那俊朗的脸上。郭锐是一名老侦察兵了，作为一名侦察连长的他，此刻不知不觉地哼起了那首《侦察兵之歌》：攀高山，跨险峰，我们是人民的侦察兵。钢刀插入敌心脏，深入虎穴摸敌情。哎嗨，一颗红心随身在，胜利路上打先锋，胜利路上打先锋。

☆驾马飞奔向前的就是影片的主人公——人民解放军侦察连长郭锐。雄壮的《侦察兵之歌》的歌声响起：攀高山，跨险峰，我们是人民的侦察兵。钢刀插入敌心脏，深入虎穴摸敌情。哎嗨，一颗红心随身在，胜利路上打先锋。

骏马在奔腾，歌声依旧在继续：越平原，穿密林，我们是人民的侦察兵，机智勇敢显威风。打得敌人胆战心惊。哎嗨，哎嗨，胸怀朝阳为革命，英勇杀敌立战功，英勇杀敌立战功。歌声中，郭锐骑马穿越练兵场。

☆歌声在继续：越平原，穿密林，我们是人民的侦察兵，机智勇敢显威风。打得敌人胆颤惊。哎嗨，胸怀朝阳为革命，英勇杀敌立战功。歌声中，郭锐骑马穿越练兵场。

在歌声中，郭锐骑着马趟过面前的小河，进入到解放军的指挥部所在的村庄。在这个村庄的村头上标着的有醒目的标语：打倒蒋介石，解放全中国。郭锐骑着马进了村子，村子里部队干部来来往往抓紧进行着作战前的准备，村民们则推着独轮小车踊跃支前。

指挥部里，司令员和政委正在谋划着一项重要的行动。司令员看着桌子上的地图对身边的政委说："我们的侦察部队从这里直接插入丰城，这样可以出其不意地出现在敌人的心脏。"

政委看了看司令员，语气有一些担心地说："这次是派他到敌后去侦察，这个任务很艰巨啊。"

司令员知道政委这是担心郭锐的安危，其实他又何尝不担心呢。不过他还是非常了解郭锐的，所以就满怀信心地对政委说："他是个老侦察员喽。我们应该相信他能够在极复杂的环境下，想出办法，战胜敌人。"

司令员的话音刚落，门外就传来了一声爽朗的"报告！"。司令员笑了笑，单从声音上判断，他就知道是郭锐赶过来了。于是，他高兴地对政委说："他来了！"

政委朝着门口亲切地招呼道："进来。"

郭锐听到政委的话，赶紧大步跨进指挥部。进门以后，他立刻立正，举手向着两位首长敬礼并喊道："司令员！政委！"

☆政委亲切地招呼："进来。"郭锐大步跨进指挥部，举手敬礼："司令员！政委！"

政委看郭锐走进来了，站起身来，热情地迎上前去，紧紧握住郭锐的双手说："啊，郭锐同志，你来得真快啊！"

☆政委热情地迎上前去，紧紧握住郭锐的双手："啊，郭锐同志，你来得真快啊！"司令员也过来与郭锐握手，心疼地打量着他："看你跑得这身汗。"

司令员也过来与郭锐握手，心疼地上下打量着他，关切地说："看你跑得这身汗。"

郭锐听了之后，微微一笑，对着两位首长解释道："接到电话就往回赶。"郭锐不知道首长让自己过来有什么事，当时接到通知，就马不停蹄地赶过来了，反正郭锐的心里也是十分清楚的，首长让自己来，肯定是有任务安排给自己。想到这儿，郭锐就迫不及待地看着两位首长问道："首长，什么任务啊？"

看着郭锐那认真着急的样子，司令员和政委哈哈大笑起来。司令员非常了解郭锐，这是个非常心急的同志，但是在执行重要任务的时候，却又是个非常心细的同志。所以对郭锐，只要有任务交代给他，首长还是比较放心的。

政委并不着急，只见他这时看着郭锐说："郭锐同志，你先说说，战士们的情绪怎么样？"

郭锐想到临来以前，战士们情绪，那可真是没得说，个个都是斗志昂扬，随后郭锐急忙向首长回答道："可高了，经过'三查三整'以后，大伙儿的劲头足极了，就等着首长下命令了。"

司令员和政委听了之后，心里非常满意，这也正是

☆郭锐笑着解释："接到电话就往回赶。"然后迫不及待地问："首长，什么任务啊？"司令员、政委大笑。政委说："郭锐同志，你先说说，战士们的情绪怎么样？"郭锐急忙回答："可高了，经过'三查三整'以后，大伙儿的劲头足极了，就等首长下命令了。"

他们所期望的，在打仗的时候，最重要的是战士们的士气。

他们俩相视一笑，对着郭锐笑着说："那好啊。"

郭锐看着首长高兴的样子，却面有不悦地说："可同志们还有个意见。"

政委听了之后，不知道战士们是什么意见，看了看郭锐连忙问："哦，什么意见啊?"

司令员也很想知道战士们的意见到底是什么，着急地问："快说说，同志们是什么意见……"

郭锐听了之后，看着司令员和政委，微笑着说："大伙儿整天跟我磨叽，要我向首长反映一下，要求把

☆司令员、政委笑道："那好啊。"郭锐却说："可同志们还有个意见。"政委忙问："哦，什么意见?"司令员也催他快说。郭锐说："大伙儿整天跟我磨叽，要我向首长反映一下，要求把最艰巨的任务交给我们!"司令员、政委又笑了："还有条件哪，啊?"说着招呼郭锐坐下。

最艰巨的任务交给我们!"

　　司令员和政委听了之后,一起哈哈大笑起来。他们真没有想到,原来同志们的意见是这个。政委笑着说:"还有条件哪,啊?"说着,他就开始招呼着郭锐坐下。

　　随后,郭锐在司令员和政委的招呼下坐下了。还是政委先开了腔,他认真地对郭锐说:"郭锐同志,你是知道的,我们在粉碎了蒋介石数百万反动军队的进攻之后,已经从战略防御阶段进入到战略进攻阶段。毛主席号召我们打倒蒋介石、解放全中国!"

　　司令员拿着水杯来到水壶的跟前,给郭锐倒了一杯

☆坐下后,政委说:"郭锐同志,你是知道的,我们在粉碎了蒋介石数百万反动军队的进攻之后,已从战略防御转入战略进攻。毛主席号召我们打倒蒋介石、解放全中国!"司令员给郭锐倒了杯水:"我们要配合全国的大好形势啊,同兄弟部队一起解放以丰城为中心的敌占区。"郭锐听了激动地站起来:"太好了!"

水之后，转过身来接着政委的话说："我们要配合全国的大好形势啊，同兄弟部队一起解放以丰城为中心的敌占区。"

郭锐听了之后，现在他心里差不多已经清楚了自己的任务是什么了。他激动得站了起来，看着司令员和政委高兴地说："太好了！"

"来，你来看。"司令员引导郭锐走到作战地图前，指点着图上的丰城地区说，"丰城是敌人东西连接的枢纽。解放了丰城就将敌人拦腰截断了，使东线的敌人失掉西增的可能。这样，又为我们大部队长驱直下扫清了最大的障碍。敌人的战略要地江宁呢，也就成为瓮中之

☆"来，你来看。"司令员引导郭锐走到作战地图前，指点着图上的丰城地区说，"丰城是敌人东西连接的枢纽。解放了丰城就将敌人拦腰截断了，使东线的敌人失掉西增的可能。这样，又为我们大部队长驱直下扫清了最大的障碍。敌人的战略要地江宁呢，也就成为瓮中之鳖了。"

鳖了。"

等司令员说完，政委又指着地图补充说："我们要集中优势兵力，把敌人分割包围起来，各个歼灭。这就是我们这次战役的任务。"

郭锐听司令员和政委说完，眼睛盯着地图，心潮澎湃，急切地发出要求："首长，下命令吧！"

☆政委补充说："我们要集中优势兵力，把敌人分割包围起来，各个歼灭。这就是我们这次战役的任务。"郭锐看着地图，心潮澎湃，急切地要求："首长，下命令吧！"

司令员点了点头，严肃地向郭锐下达命令："为了保证这次战役的胜利，党委决定派你率领一支侦察队，深入敌人的心脏，了解丰城敌人的防御部署。"

郭锐听司令员下达完命令，信心十足，看着首长斩钉截铁地回答："坚决完成任务！"

　　政委满意地点点头，然后叮嘱郭锐："你们到那里，要和地方党取得联系，要紧紧依靠群众。"

　　司令员接着说："政委说的对啊。郭锐同志，一会儿你到敌工部去，赵部长会告诉你和谁取得联系。"

　　郭锐听了以后，点点头说："好。"

　　政委又说："这次的任务很艰巨也很重大，回去开个支委会，组织大家再讨论讨论。"

　　郭锐点了点头说："好。"

　　郭锐把司令员和政委的话都一一认真地记下了。

　　见政委和司令员也都给自己安排得差不多了，他就

☆郭锐斩钉截铁地回答："坚决完成任务！"政委告诉他："你们到那里，要和地方党组织取得联系，要紧紧依靠群众。"司令员让他一会儿到敌工部去，赵部长会告诉他和谁取得联系。政委要他回去开个支委会，组织大家认真讨论。郭锐一一记下，急切地问首长："什么时候行动？"司令员果断决定："准备好，今天夜里出发。"郭锐大声答道："是！"

急切地问："那我们什么时候开始行动？"

司令员想了一下，果断地命令："准备好，今天夜里出发。"

郭锐站起身来，大声地答道："好。"

从司令和政委那里出来以后，郭锐就直接来到了敌工部。他找到了赵部长，问清楚了到丰城要联系的地下党组织，就立刻赶回去了。他在路上思考着首长的命令，思考着回去如何好好地布置，如何按照首长的吩咐，在规定的时间内准时出发。

郭锐快马加鞭地赶回了驻地，顾不上休息，立刻给战士们传达了上级的命令和派给他们的任务。战士们听了之后，都非常高兴，连忙回去准备去了。

当天夜里，战士们都已经准备好了，郭锐和侦察队

☆当天夜里，郭锐率领侦察队在山谷间急速行进。

— 13 —

的战士们一起出发了。郭锐率领着侦察队在山谷间急速行进。

当行进到敌军封锁线附近的时候，郭锐让侦察队放缓了脚步。郭锐告诉姜排长："姜排长，我们已经接近敌占区了。告诉前面大刘、小胡他们，注意观察敌情。"

姜排长答应了一声，就立刻跑向队伍前头去了。

☆侦察队行进到敌军封锁线附近时，放缓了脚步。郭锐告诉姜排长："我们已经接近敌占区了。告诉前面大刘、小胡他们，注意观察敌情。"姜排长答应："是。"跑向前去。

侦察兵小胡、大刘和忠勇走在队伍的最前面，小胡一边走一边提醒着大刘："快到敌占区了，我们要隐蔽前进。"

大刘和忠勇听了之后，纷纷点头。

正在这时，姜排长从后面跑着过来了，来到他们三个人的跟前，对着他们三人安排道："小胡、大刘、忠勇，前面就是敌占区，郭参谋说要注意观察敌情。"

三人听了之后，齐声答道："是。"随后，他们就按照吩咐警惕地隐蔽前进。

☆侦察兵小胡、大刘和忠勇走在队伍的最前面，小胡边走边提醒大刘："快到敌占区了，我们要隐蔽前进。"这时姜排长跑来："小胡、大刘、忠勇，前面就是敌占区，郭参谋说要注意观察敌情。"三人齐声应道："是。"警惕地隐蔽前进。

第二章

在途中智救同志

郭锐率领着侦察兵进入敌占区后，就全部都换上了
早就准备好的国民党军队的服装。队伍正在警惕地隐蔽
前进着，突然，扮作副官的姜排长悄声下令："停止
前进。"

☆郭锐率侦察队进入敌占区后，全部换上了国民党军队的服装。突然，扮
　作副官的姜排长悄声下令："停止前进。"身穿国民党军官服的郭锐警惕
　地四下观察，发现敌人的炮楼矗立在一座山上，于是命令："姜排长，绕
　过敌人炮楼。""前进！"姜排长带领队伍绕道而行。

战士们听到命令就都停了下来。身上穿着国民党军官服装的郭锐警惕地朝四周观察着，结果发现在前面的不远处有一个敌人的炮楼矗立在一座山上。于是，他就对身边站着的姜排长下令："姜排长，绕过敌人的炮楼走。"

　　姜排长听了之后，说："是。"郭锐来到队伍前面，对着身后的战士们说："前进！"姜排长就这样带着队伍绕道而行了。

　　侦察兵悄悄来到了山隘口，有两个敌兵正把守在此，他们根本就没有想到此刻在他们的身后站着的就是侦察队的战士们。侦察兵们立即隐蔽在山石旁边，只听

☆侦察队悄悄来到山隘口，两个敌兵正把守在此。侦察兵们立即隐蔽在山石旁，只听到两个敌兵在交谈："哎，听说前边打得很厉害。""咱们哥们要小心点。""嗨，离咱们这儿远着哪。"话音未落，侦察兵就摸上来把他们消灭了。侦察队继续前进。

到两个敌兵在交谈，其中一个说："哎，听说前边打得很厉害。"

另一个听了之后，接着说："咱们哥们要小心点。"

一开始先说话的那个接着说："离咱们这儿还远着哪。"

他们做梦也没有想到这些话全部都被我们的侦察兵给听到了。话音未落，侦察兵就摸着上来把他们俩给制服了。侦察兵然后开始继续前进。

侦察兵正在行进，前面突然传来一片嘈杂、吆喝声。只听见前面不远处有人厉声喊道："走！快走！快走！看什么！快走！走……"

郭锐听到后，拔出腰间的手枪，对姜排长说："停止前进！准备战斗！"队伍迅速隐蔽在树丛的后面，这时扮作副官的姜排长走上前去应付，郭锐在不远处注意观察着。

看到姜排长走过来了，只听见对方有人在不远处喊道："站住！干什么的？"

姜排长看了看之后，大声地呵斥道："你咋呼什么，你是哪个部分的？"

对方见姜排长大声地呵斥了他们，对着姜排长也蛮横地说："站住，再不站住就要开枪了。"

姜排长听了之后，对对方的蛮横也毫不畏惧，也毫不示弱地说："好大的胆！你敢开枪？老子借你几个胆子！"

"走！快走！"对方吆喝着往前进。夜色中，可以看出是当地的一伙还乡团抓了几个人要押回去。还乡团的头子举着枪对着姜排长大声地喊道："站住！哪一个部

分的？"

　　对面的姜排长听了之后，更加大声地骂道："眼瞎了！你看不出吗，老子是师部搜索队的。"

　　还乡团头子听姜排长报出师部搜索队，连忙把枪也收了回去，插在了自己的腰间，改口对姜排长说："啊，自己人。"

☆"走！快走！"对方吆喝着往前进。夜色中，可以看出是当地一伙还乡团抓了几个人要押回去。还乡团头子举着枪喊道："站住！哪一部分的？"对面的姜排长更加大声地骂道："眼瞎了！你看不出吗，老子是师部搜索队的。"还乡团头子急忙改口："啊，自己人。"

　　这时候，郭锐带领侦察队从黑暗中走了出来，来到了还乡团头子的跟前，看着还乡团头子厉声问道："什么人？你们是干什么的？"

　　还乡团头子一看情势不对，连忙上前解释道："别

误会，我们是丰城还乡团，出来抓八路的。"

　　郭锐一脸严肃地看着他，举起手来，对着还乡团头子严肃地说："证件！"

　　还乡团头子看着郭锐一脸严肃的样子，连连点头，说："有有有。"说着还乡团头子把手伸进了口袋里，赶紧掏出来证件，双手给郭锐递上。

☆郭锐带领侦察队从黑暗中走了出来，厉声问道："什么人？你们是干什么的？"还乡团头子急忙解释："别误会，我们是丰城还乡团，出来抓八路的。"郭锐举手索要："证件！""有有有。"还乡团头子赶紧掏出证件，双手递上。

　　郭锐接过还乡团头子递过来的证件，看了一眼就还给了还乡团头子，然后打开手中的电棒向被抓的人脸上照去。他一边打量着被抓的人，一边问还乡团头子："他们，真的是八路吗？"

还乡团头子连忙点点头，走到了郭锐的跟前，肯定地说："地地道道的八路。"郭锐听闻之后，心中一惊。

☆郭锐接过证件看了一眼就扔还给还乡团头子，然后打开手中的电棒向被抓的人脸上照去。一边打量着，一边问："他们，真是八路吗？"还乡团头子答道："地地道道的八路。"郭锐听闻心中一惊。

这时郭锐手中的电棒照在一个中年男子的脸上，这时还乡团头子在一旁指着中年男子说："长官，你看，他是村农会会长，过去带着一帮穷鬼们斗我，分我的地。"

郭锐的电棒这时又照向了中年男子身边的一个年轻的女子的身上，还乡团头子这时恶狠狠地指着她对郭锐说："你别看她那么年轻，她是八路的村干部，斗我的时候，她可真狠哪！"

这时还乡团头子转身面对着郭锐，咬牙切齿地说：

"她骂我是吸血鬼，还骂我是杀人不眨眼的刽子手，她还骂我是蒋匪帮的狗腿子。哼，今天该是我报仇出气的时候了。"

☆还乡团头子咬牙切齿地说："她骂我是吸血鬼，骂我是杀人不眨眼的刽子手，她还骂我是蒋匪帮的狗腿子。哼，今天该是我报仇出气的时候了。"

　　郭锐听了之后，心中很清楚了还乡团头子抓的这两个人的身份，显出一副非常气愤的样子，语带双关地对还乡团头子说："嗯，是我们出气的时候了！"

　　还乡团头子和他的手下并没有听出郭锐此时的话里有话，还以为是真的站在了他们的这边，于是就连连点头称是。

　　郭锐来到了大刘的跟前，暗中向大刘示意。大刘立刻明白了郭锐的想法，于是故作生气的样子，对郭锐说："连长，他俩好大的胆子，竟敢骂国军是匪帮。"他一边说着一边走向前去。

　　大刘走到农会会长和女干部的面前，上下打量了一番，似乎想起了什么，说："哦，原来是你们俩，我正要找你们呢！"

☆大刘走到农会会长和女干部的面前，上下打量了一番，似乎想起了什么，说："哦，原来是你们俩，我正要找你们呢！"

　　随后大刘快步回来，走到了郭锐的面前，说："报告连长，上次就是他们俩带路，把我们引进了八路的埋伏圈，还打死我们三十多个弟兄。"

　　还乡团头子听了之后，连忙来到了郭锐的面前，帮腔说："对对，他们是和八路有勾搭。那个女的有个哥哥就是民兵队长。"

　　小胡听到这儿，见机行事，向郭锐提出："连长，把他俩交给我们吧。"侦察队的战士们也齐声要求："交给我们带走。"

　　郭锐转身看了看战士们，答应道："好吧。"随后郭锐走了几步，来到了还乡团头子的跟前，问道："你打算怎么处理这两个八路啊？"

☆小胡见机行事，向郭锐提出："连长，把他俩交给我们吧。"侦察队的战士们也齐声要求："交给我们带走。"

　　还乡团头子听了之后，赶紧对郭锐咬牙切齿地说："活埋了他们，不能让他们轻快地死，得好好折腾折腾，解解恨。"

　　郭锐看着还乡团头子，一脸严肃地说："既然你们决定处死他们，那就把他俩交给我们吧。"说完，郭锐转身就要走。

　　还乡团头子看着郭锐犹疑地说："长官，这……"

　　郭锐转身立即拉下脸来，两眼一瞪，狠狠地盯着还

☆郭锐立即拉下脸来，两眼一瞪，狠狠地盯着还乡团头子："嗯?"

乡团头子说："嗯?"

　　还乡团头子一看长官不高兴了，马上脸上堆满了微笑，对郭锐说："长官，你尽管把他们俩带走。我是说，一枪就把他俩崩了太便宜他们了。"说完还乡团头子呵呵笑了起来，这时他身后的伙计们也赶紧陪着傻笑。

　　郭锐看了看还乡团头子满脸严肃地说："我知道应该怎么处理他们的。"说完郭锐转身向小胡、大刘说："你们还愣着干什么? 还不快把他们带走!"

　　"是!"小胡、大刘答应着快步跑去。

　　小胡、大刘跑到农会会长和女干部的身后，推着二人离开。农会会长和女干部还以为他们真的是国民党军士兵，抬头挺胸不予理睬。还乡团头子见他们俩一副不服气的样子，冲过来看着他们俩训斥道："你们俩还逞强！到了国军的手里，也轻饶不了你们！"

农会会长听了还乡团头子说的话之后，蔑视地看了他一眼，愤怒地说："畜生！有种的你们杀吧！"

☆小胡、大刘跑到农会会长和女干部身后，推着二人离开。农会会长和女干部还以为他们真的是国民党军士兵，抬头挺胸不予理睬。还乡团头子冲过来训斥道："你们俩还逞强！到了国军手里，也轻饶不了你们！"农会会长蔑视道："畜生！有种的你们杀吧！"

女干部的脸上也是一脸的正气，面对眼前的杀人不眨眼的刽子手，心中非常气愤。随后女干部瞪大了双眼，怒视着还乡团头子，也厉声怒斥："土匪！强盗！你们横行不了几天啦！你们绝逃不出人民的惩罚！人民解放军会给我们报仇，把你们全部消灭！"

郭锐看到他们坚强不屈的表现，听到他慷慨激昂

☆女干部也厉声怒斥："土匪！强盗！你们横行不了几天啦！你们绝逃
不出人民的惩罚！人民解放军会给我们报仇，把你们全部消灭！"

☆郭锐看到他们坚强不屈的表现，听到他们慷慨激昂的话语，心中
既感动又钦佩。

的话语，心中既感动又钦佩。郭锐很想告诉他们，是自己人要解救他们才这样做的。但是现在不是时候，要等还乡团的人走了之后，才能把真相告诉他们。

还乡团头子被女干部的话给激怒了，只见他一边掏枪，一边声嘶力竭地对女干部喊道："我枪毙了你们……"

双手被反绑在身后的农会会长看到还乡团头子来到了他们的面前，这时抬起脚来，使劲一踢，将还乡团头子踢倒在地。还乡团的其他成员这时一看自己的头儿被踹倒在了地上，一伙人赶紧冲了上来。

☆还乡团头子被激怒了，一边掏枪，一边声嘶力竭地喊道："我枪毙了你们……"双手被反绑在身后的农会会长抬起脚来，将他踢倒在地。还乡团一伙冲了上来，郭锐大声喊道："带走！"小胡、大刘和两名战士赶紧将二人推走。二人边走边骂："国民党匪徒，你们的日子长不了了！""你们快完蛋了！"郭锐一挥手，侦察队快速离开。还乡团头子无奈，只得率众而去。

郭锐担心他们过来了会对自己的同志不利，就大声地喊道："带走！"

　　小胡、大刘和两名战士赶紧上来将二人给推走了。

　　二人一边被推着走着边对还乡团头子骂道："国民党匪徒，你们的日子长不了！""你们快完蛋了！"

　　"土匪！"郭锐一挥手，侦察队快速离开了。

　　还乡团头子无奈地摇摇头，只得看着自己抓到的两个人被别人给带走了，随后他就率着众人离去。

第三章 相认后共赴小村

郭锐率领着侦察队，押解着农会会长和女干部来到一处隐秘的树林。侦察队战士全体整齐列队，郭锐和姜排长走上前去，为农会会长和女干部解开绑着的绳索，大家怀着崇敬的心情望着他们。

☆郭锐率领侦察队，押解着农会会长和女干部来到一处隐秘的树林。侦察队战士全体整齐列队，郭锐和姜排长走上前去，为农会会长和女干部解开绑着的绳索，大家怀着崇敬的心情望着他们。

农会会长和女干部还以为这些"国军"真要枪毙他们，大义凛然地走向前面的荒坡，准备慷慨就义。

☆农会会长和女干部还以为这些"国军"真要枪毙他们，大义凛然地走向前面的荒坡，准备慷慨就义。

这时，郭锐看着他们俩亲切地叫道："同志！你们受惊啦！"

听到郭锐称呼他们为"同志"，他们二人不知道是怎么回事，只见他们二人急速回头，充满疑惑地看着眼前穿着国民党军服的这些人。

此时郭锐正充满热情地微笑着望着他们。农会会长和女干部的脸上除了疑惑还是疑惑。

他们俩从郭锐的脸上移开，转向其他的人的脸上看去，只见姜排长也是满面亲切、善意的笑容。侦察队的战士们列队站在他们面前，微笑着向他们致以敬意。

女干部心情激动地注视着这些称呼自己为"同志"的"国军。"

郭锐把自己手里拿着的刚才给他们俩解下的绳子缠在了一起,这时鼓励她说:"同志,咬咬牙,再坚持一下!你们骂还乡团的话很快就会实现的。"

☆郭锐鼓励她说:"同志,咬咬牙,再坚持一下!你们骂还乡团的话很快就会实现的。"

农会会长听到这些话,热泪盈眶,脸上绽出笑容。这时他已经知道这些人一定是自己的同志,这些从刚才他们对自己的态度可以明显地看出来。

女干部这时也流下了激动的泪水,看着侦察队的战士们,深情地呼唤着:"同志!"

女干部和农会会长这时再也控制不住自己的情绪了,只见他们俩快步冲上来和郭锐、姜排长热情地一一

握手，互相亲切地称呼着"同志"。

　　农会会长的脸上也流满了激动的泪水，女干部的脸上也是一样。女干部紧紧握住郭锐的手，激动地说："可盼到你们啦！真没有想到能见到你们。"

　　郭锐一脸微笑地看着女干部，问道："同志，你叫什么名字？"

☆女干部和农会会长冲上来和郭锐、姜排长热情握手，互相亲切地称呼着"同志"。女干部紧紧握着郭锐的手："可盼到你们啦！真没想到能见到你们。"郭锐问："同志，你叫什么名字？"女干部爽朗地回答："我叫孙秀英。"

　　女干部听了之后，爽朗地回答："我叫孙秀英。"

　　郭锐听了之后，喜出望外地说："噢！你就是孙秀英同志！"

　　孙秀英看着郭锐脸上那激动的神情，不解地问道："你们是……"

郭锐看着孙秀英脸上那一脸的疑问，连忙解释道："我们是从赵部长那儿来的。"

孙秀英听了之后，惊喜地说："那太好了！"

郭锐接着又问道："你们是住在小村吧？"

农会会长和其他的侦察队的战士们也围了过来，农会会长和孙秀英二人连忙回答："对。"

郭锐听了他们的回答，又看了看身后侦察队的战士们，当即决定："好啊，咱们就把立脚点放在小村。"

☆郭锐喜出望外地说："噢！你就是孙秀英同志！"孙秀英不解地说："你们是……"郭锐解释道："我们是从赵部长那儿来的。"孙秀英惊喜地说："那太好了！"郭锐又问："你们是住在小村吧？"二人连声答"对"，郭锐当即决定："好啊，咱们就把立脚点放在小村。"

小村，此时孙秀英家的院子里是一片狼藉，这里很明显地看出是刚刚被践踏过。孙秀英的母亲孙大娘从屋里慢慢地走出来，伤心地收拾着地上被扔得乱七八糟的东西。

突然，孙诚跳墙进入了院子，看着站在门口收拾着东西的孙大娘小声地喊道："娘！"

孙大娘听到喊声，抬头望去，见是自己的儿子孙诚，赶紧上前哭诉道："孩子啊，你妹妹她……"

孙诚扶着母亲的胳膊，让母亲坐在了院子里的一个石块上，看着母亲安慰道："我知道。娘，咱们的大部队马上就要打回来啦。黄狗子、老爷们那些杂种就要完蛋啦！"

☆小村，孙秀英家院里一片狼藉，母亲孙大娘从屋里出来，伤心地收拾着。突然，孙诚跳墙进院："娘！"孙大娘哭诉道："孩子啊，你妹妹她……"孙诚安慰说："我知道。娘，咱们的大部队马上要打回来啦。黄狗子、老爷们那些杂种就要完蛋啦！"突然响起敲门声，孙大娘说道："'快，他们又来抓……'"急忙让孙诚在院角躲藏，自己镇定地捋头发，掸衣，走向大门。

就在此时，突然院子外响起了敲门声。孙大娘心中一惊，还以为是这帮还乡团的头子又回来抓人了，孙大娘抬起头，非常紧张，因为自己的女儿已经被抓走了，要是自己的儿子再被抓走了，自己那可真是活不了了。想到这儿，孙大娘赶紧对孙诚说："快，快，他们又来抓……"

孙诚看着紧张的母亲，不愿意扔下自己的母亲，小声地喊道："娘！"但是孙诚拗不过自己的母亲，孙大娘急忙让孙诚在院角躲藏，自己镇定地捋了捋头发，掸了掸自己衣服上的灰尘，从容地走向大门。

孙大娘把门栓打开，也没有把门拉开，就扭头走了回来。她以为是还乡团又来了，心里是很不高兴的。谁

☆院门打开，孙秀英冲了进来："娘！"郭锐他们穿着一身农民的衣服紧随其后。

知道院子门打开了，孙秀英冲了进来，冲着背对着自己的母亲喊道："娘！"郭锐他们穿着一身农民的衣服紧随其后。

孙大娘听到了喊声，惊喜万分。只见孙大娘赶紧转过身来，朝着自己的女儿快步迎了上来，嘴里喊着："秀英！秀英！"她抱住女儿，仔细地端详着她额上的伤痕，轻轻抚摸着，心疼地说，"孩子，你怎么回来的？"

☆孙大娘惊喜万分。"秀英！秀英！"她抱住女儿，仔细地端详她额上的伤痕，轻轻抚摸着，"孩子，你怎么回来的？"

孙秀英回头望着郭锐、大刘他们，向孙大娘介绍说："这是解放军同志，就是他们救了我。"

郭锐他们亲切地跟孙大娘打招呼："大娘！"

孙大娘热泪盈眶地走向郭锐，亲切地叫道："孩子！"孙大娘此刻的心里非常感谢他们，要是没有他们，自己的女儿不知道还能不能回来，也不知道什么时候能回来。

郭锐赶紧上前，伸手扶住了孙大娘，亲切地叫道："大娘！"望着孙大娘老泪纵横的样子，郭锐心里非常心疼，看着孙大娘动情地说："大娘，你老人家受苦了。大娘！"

☆郭锐赶紧扶住孙大娘。孙大娘扑到郭锐怀里痛哭失声。望着孙大娘老泪纵横的样子，郭锐动情地说："大娘，你老人家受苦了。大娘！"孙大娘哽咽着说："连做梦也盼着你们回来。"郭锐劝慰道："大娘，咱们队伍就要打回来了。"

孙大娘听了郭锐说的话之后，扑到郭锐的怀里失声痛哭起来。是啊，这位老人刚刚在很短的时间之前也就是自己的女儿被还乡团头子带走的时候，心里是非常地难过，但是那时候她强忍住了自己的悲痛，把自己的痛

　　苦压在了自己的心里，现在看到了自己的同志到来了，还把自己的女儿给救回来了，压在孙大娘心里的痛苦一下子释放出来了。

　　郭锐看着孙大娘伤心的样子，也流出了眼泪，亲切地叫道："大娘！"

　　孙大娘抬起头来，看着郭锐，哽咽着说："连做梦也盼着你们回来。"

　　郭锐扶住孙大娘的胳膊，激动地看着孙大娘，劝慰道："大娘，咱们队伍就要打回来了。"

　　此时，孙诚见不是还乡团的人又回来了，看到了

☆此时，孙诚也从院角走了出来。孙秀英惊喜地叫道："哥哥！"拉着他走到郭锐面前，介绍到"这是我哥哥。"郭锐热情地与孙诚握手："同志！"孙诚激动万分。孙大娘招呼大家快到屋里坐。大家答应着往屋里走去，孙秀英向孙诚交待任务："哥哥，待会儿你告诉李祥同志，咱们开个支部会。你再上山，把民兵给拉回来。"

自己的妹妹还带着一帮人进来了院子，也从院角走了出来。孙秀英转身看到了孙诚，惊喜地叫道："哥哥！"

孙诚看着孙秀英深情地叫道："秀英！"

孙秀英拉着他走到郭锐的面前，给郭锐介绍道："这是我哥哥。"

郭锐上前热情地与孙诚紧紧握着手，叫道："同志！"

孙诚听到后激动万分。

孙大娘这时招呼着大家快到屋里坐。

大家答应着往屋里走去，孙秀英向孙诚交代任务："哥哥，待会儿你告诉李祥同志，咱们开个支部会。你再上山，把民兵给拉回来。"

孙诚点点头，说："好的，我这就去。"孙诚说完，就按照妹妹的吩咐去做了。

随后孙秀英看着侦察队的同志们说："郭参谋，屋里坐。"

进屋以后，孙大娘热情地招呼着郭锐他们在炕上坐下。

战士们围住孙大娘，热情地喊着："孙大娘，你坐。"

孙大娘笑着望着亲人，深情地说："真想你们哪！黑夜白日的盼哪，这一回可把你们盼回来啦。看到了你们，就想起咱们队伍来那阵子，乡亲们有多高兴啊。斗争了大地主老阎王，分了房子又分了地，咱穷人翻了身，村里村外有多红火呀。没想到，这一回你们把秀英救了，可叫俺怎么感谢你们哪！"

郭锐听了之后，微笑着看着孙大娘，回答："孙大

☆屋里。孙大娘热情地招呼郭锐他们在炕上坐下。孙大娘笑望着亲人，深情地说："真想你们哪！黑夜白日的盼哪，这一回可把你们盼回来啦。看到了你们，就想起咱们队伍来那阵子，乡亲们有多高兴啊。斗争了大地主老阎王，分了房子又分了地，咱穷人翻了身，村里村外有多红火呀。没想到，这一回你们把秀英救了，可叫俺怎么感谢你们哪！"

娘，要感谢党，感谢毛主席。"

孙大娘听了之后，眼里含着热泪，呼唤道："毛主席！"

孙大娘从一个隐蔽的角落捧出一个小花布包袱，虔诚地放到炕桌上，她小心地将包袱一层层打开。郭锐、大刘、孙秀英默默地注视着。

孙大娘终于将包袱完全打开，双手捧出一张毛主席的照片。

孙大娘激动地望着毛主席的照片，泪流满面，口中喃喃地说："毛主席！俺受苦人打心眼儿里想念你！"

☆孙大娘激动地望着毛主席的照片，泪流满面，口中喃喃地说道："毛主席！俺受苦人打心眼儿里想念你！"

郭锐望着毛主席的照片，露出了深情的微笑。

指挥部里，首长和参谋们正在忙碌着。政委正在给一位部下交代着任务，只见政委递给那位部下一份文件，接着说："一定要使同志们认识到这次解放丰城的重要性。"

那位部下听了之后，点点头，说："是。"

政委接着又说："回去再动员一下。"那位部下说："好的。"正在这时，一位参谋走进来，交给司令员一份电报，并说："报告！首长，郭锐同志来电。"

司令员从参谋的手里接过来电报，拿在手里，来到了政委的跟前，和政委一起看着电报。司令员看了电报的内容，满意地笑着说："很好，你看他们已经安全地到达了目的地，和地方党组织取得了联系，得到了群众的支援。"

政委看了之后，也高兴地说："太好了。"

司令员仔细看着电报，接着关切地问道："哎，他们现在的立足点在什么地方啊？"

政委指着电报上说："丰城附近的一个小村。"

☆司令员和政委一起看着电报，满意地笑着。"很好，你看他们已经安全地到达了目的地，和地方党组织取得了联系，得到了群众的支援。""太好了。"司令员说："哎，他们的立足点在什么地方啊？"政委指着电报说："丰城附近的小村。""小村？"司令员走到地图前，标上小旗。

司令员听了之后，看着电报，疑问地说："丰城？小村？"司令员一边说着，一边走到地图前，要去查看。

政委在地图上指着一个小村说："你看，就在这儿。"

司令员拿起一面小红旗插在了地图上政委手指的位置。

在小村里，此时正是一片紧张、忙碌的景象。

孙秀英、姜排长正在带领着侦察队的战士和村里的民兵落实战备情况。他们在村子里仔细地查看着地形，细致地布置着工作。

正在这时，优美的歌声《蒙山巍巍沂水长》响起："蒙山巍巍沂水长，山村处处摆战场。军民团结心连心，并肩战斗打胜仗。哎嗨哎嗨哟，打胜仗！"

☆小村，一片紧张、忙碌的景象。孙秀英、姜排长正在带领侦察队的战士和村里的民兵落实战备情况。优美的歌声《蒙山巍巍沂水长》响起：蒙山巍巍沂水长，山村处处摆战场。军民团结心连心，并肩战斗打胜仗。哎嗨哎嗨哟，打胜仗！

　　侦察队的战士们和民兵还在继续进行着落实着战备情况。歌声还在继续："毛泽东思想指方向，人民战争威力强。哪怕敌人逞凶狂，坚决把它消灭光。哎嗨哎嗨哟，把它消灭光！"孙诚在向大刘指点各处隐蔽点，如果敌人来犯，民兵们将隐蔽观察，机动作战。

☆歌声在继续：毛泽东思想指方向，人民战争威力强。哪怕敌人逞凶狂，坚决把它消灭光。哎嗨哎嗨哟，把它消灭光，把它消灭光！孙诚在向大刘指点各处隐蔽点，如果敌军来犯，民兵们将隐蔽观察，机动作战。

　　小村的老人、儿童也都被动员起来了，一旦发现敌情，儿童团会报信，老大爷会敲钟发出警报。整个的小村的人民不管是老人还是小孩，全都加入到了战斗的行列。

　　这一天，孙大娘正在自家院门口前，坐在小板凳上纳着鞋底，担任着警戒，如果有了情况，她就会一边轰

鸡，一边发出警戒信号。

正在此时，有几个敌匪徒骑着马飞快地朝着小村这边过来了。孙大娘赶紧站起来轰鸡。民兵的同志们看到这一情形，立刻隐蔽起来，仔细地观察着。那几个匪兵手里拎着几只刚捉来的鸡，有说有笑、耀武扬威地走了。

☆歌声在继续。小村里的老人、儿童都被动员起来了，一旦发现敌情，儿童团会报信，老大爷会敲钟发出警报。此时，孙大娘正在自家院门口纳着鞋底担任警戒，如果有了情况，她就会一边轰鸡，一边发出警戒信号。

躲在暗处侦察的民兵看到这样的情况非常气愤，其中一个生气地说："到了白天，他们就出来抓、抢。"

另一个接着说："要不是怕暴露，我这一梭子要他们去见阎王。"

第四章　潜入丰城探情报

在屋里，有几个同志们正在开会。郭锐这时看着大家说："这里的党组织和民兵在郭锐他们到来之后就已经积极地行动起来了。我们要依靠当地的党组织和民兵，和他们密切地配合，来共同完成这次上级交代的任务。"

☆屋里正在开会。这里的党组织和民兵已经积极地行动起来了，郭锐决定依靠他们，和他们密切地配合，共同完成任务。郭锐说："同志们，我们的侦察工作马上就要展开了，我们要划分几个小组，分别到丰城一带进行侦察。"孙秀英介绍说："你们去丰城的接头地点是会英楼饭庄。地下党的同志叫梁忠，身份是跑堂的。丰城内西街是敌人师部。"

　　孙秀英听了之后，高兴地说："你们的任务就是我们的任务。"

　　郭锐听了之后，看着孙秀英说："说得对！我们是为了一个共同的革命目标，在并肩战斗。"郭锐看了看在座的同志们，认真地说："同志们，我们的侦察工作马上就要展开了，我们要划分为几个小组，分别到丰城一带进行认真的侦察。"

　　等郭锐布置完，这时孙秀英接着介绍道："你们去丰城的接头地点是会英楼饭庄。地下党的同志叫梁忠，身份是跑堂的。丰城内西街是敌人师部。"

　　与此同时，在敌方国民党军的师部，敌师长和副师长正在召见他们的部下——师部搜索队队长和执法队队

☆与此同时，在敌方国民党军的师部，师长和副师长正在召见他们的部下——师部搜索队队长和执法队队长。敌师长问："据情报，昨天夜里，一支共军窜进了我们这个地区。你们发觉没有？"

长。敌师长这时手里拿着一支烟，在房间里来回走着，看着师部搜索队队长和执法队队长有点生气地问道："据情报，昨天夜里，一支共军窜进了我们这个地区。你们发现没有？"

听了敌师长的问话，搜索队队长王德彪跨前一步，来了一个立正，然后对敌师长说："报告师长，我们搜索队没有发现情况。"

随即，身穿军服的敌人执法队队长也上前一步，看着师长接着报告："我们执法队也没有发现什么。"

敌师长听了他们俩的报告，思考了一会儿，来屋子里来回踱了几步，严厉地命令道："你们要严加防范。各个交通要道要加倍设卡巡逻，对于那些形迹可疑的分子要逮捕审讯。"

搜索队队长王德彪和执法队队长两人听了之后，大声地应道："是。"

敌师长又想了想，又转过身来，看着他们俩，说："我命令你们，采取一切手段，把那股共军给我消灭掉。""是！"二位队长应声出屋。

这时，坐在一旁的敌副师长听了之后，认为师长有一点言过其实、小题大做了，就一副不以为然地表情说："师座，依我看，就是那些土八路，打一下就跑，不必多虑。"

敌师长听了心中有一些不快，说到底，他对于副师长的说法并不认同，于是对着敌副师长断然答道："副师长，他们是从边缘地带过来的，可以断定是共军的侦察部队。"

敌副师长听了之后，顿时没了主意，他是没有想到这一股部队的来历是这么严重，就看着敌师长说："不会吧。照你这么说，那可是来者不善，善者不来啊。"

敌师长听了之后，点点头，随后冷笑了一声，狠狠地说："哼哼，来者不善？这一次，他们到了我的地盘上，可就由不得他们了。我要叫他们有来无回！"

☆敌师长断然回答："副师长，他们是从边缘地带过来的，可以断定是共军的侦察部队。"敌副师长顿时没了主意："不会吧。照你那么说，那可是来者不善，善者不来啊。"敌师长冷笑一声："哼哼，我叫他们有来无回！"

郭锐和大刘已经按照计划化装成赶集的农民模样，来到了丰城。郭锐的肩上挑着一个扁担，大刘肩上搭着一个布袋，跟在郭锐的身边。他们一边走着一边冷静、镇定地观察丰城内的敌人军队的动静。

正在这时，敌人轰赶着一群被抓来的无辜百姓从他们的身后经过，身上穿着便衣的搜索队队员正在四下里

巡视着，不时地喝令着过路的人们站住搜身。就在距离
郭锐和大刘的不远处，一个敌兵对着一位正在经过的百
姓厉声喊道："站住！"

☆此时，郭锐和大刘已经化装成赶集的农民模样，来到了丰城。他们冷静、
镇定地观察丰城内敌军的动静。只见敌人轰赶着一群被抓来的无辜百姓
从他们身后经过，身着便衣的搜索队队员正在四下巡视，不时喝令过路
的人们站住搜身。

那位百姓赶紧停了下来，站在了那里。

那个敌兵上前在他的身上开始仔细地搜查起来，就
在让百姓把手抬起来的时候，那位百姓稍微慢了一点，
这时敌兵就在他的身上使劲地拳打脚踢起来。

敌人的搜索队员朝他们这边走了过来，郭锐、大刘
赶紧站在了一个卖货摊的前面装作正在挑东西的样子。
为了避免被敌人识破，郭锐还拿出钱来买了一点东西。

就这样，他们躲过了搜索队队员的搜查。

　　郭锐、大刘离开了街市，来到了军营的大门口，停步观察。

　　在军营门口站岗的士兵端着枪大声地驱赶他们："靠那边走！"

☆郭锐、大刘离开街市，走到一座军营附近，停步观察。在军营门口站岗的士兵端着枪大声驱赶他们："靠那边走！"

　　他们赶紧离开了，走向了一边。

　　与此同时，在丰城的城门口，还乡团头子碰到了王德彪，上前连忙招呼道："哟，王队长，忙着哪。"

　　就在他们说话的时候，搜索队的队员押着几个无辜的农民从还乡团头子的身边经过，他连忙转身看了几眼，接着转过来看着王德彪傻呵呵地笑着。

　　王德彪看了看他，双手插在裤子的兜里，有一些不

屑问道："你们昨天出去有什么情况吗？"

听到王德彪问话，还乡团头子赶紧把王德彪给叫到了一边，压低了声音说："就抓了两个共党的干部。"

听还乡团头子说抓到了共产党干部，王德彪心中立刻一喜，连忙问道："人哪？"

还乡团头子一听王德彪这么问，感到有一些意外，连忙说："哎，不是昨天晚上在路上交给你们搜索队给处置了吗？"

☆就在同时，在城门口，还乡团头子遇到了王德彪："哟，王队长，忙着哪。"王德彪问："你们昨天出去有什么情况吗？"还乡团头子告诉他抓了两个共党干部。王德彪忙问："人哪？"还乡团头子说："哎，不是昨天在路上交给你们搜索队给处置了吗？"

王德彪一听，顿时就变了脸色。他看着还乡团头子说："什么？我们搜索队昨天根本就没有出去啊。"

还乡团头子听了以后，满脸疑惑地看着王德彪说：
"啊，这是怎么回事？他们穿着跟你们一样的衣服啊！
他们把那两个共党干部也带走了。难道……"

　　王德彪想了想，看着还乡团头子说："一定是共军
搞的鬼。你必须给我查清楚。"

　　"唉，唉。"还乡团头子连声答应着，匆匆地离开了。

☆王德彪顿时变了脸："什么？我们搜索队昨天根本没有出去啊。"还乡团
　头子疑惑道："哎，那两个共党干部？"王德彪想了想："一定是共军搞的
　鬼。你必须给我查清楚。""唉，唉。"还乡团头子连声答应，匆匆离开。

　　郭锐和大刘来到了与地下党接头的地点会英楼饭庄
的附近，抬头看到了高高挂着的"会英楼饭庄"五个大
字。郭锐和大刘互相会意地看了看。

　　正在这时，有一队敌兵从后面走过来，他们俩赶紧
站在了路边。等敌兵走过去了，他们才朝着会英楼饭庄

走去。站在饭庄门口的跑堂的见他们俩进来了，赶紧热
情地招呼道："二位来了，里边请。"

随后，郭锐和大刘就来到了一个靠着窗户的桌子边
坐下了，坐在这里能很清楚地观察到窗户外大街上的
动静。

一位跑堂的风风火火地忙活着，来到了他们的跟
前，把筷子给放好，又把菜单拿给他们俩，热情地说：
"二位用点什么？"

郭锐接过来菜单，拿在手里看了看，又抬头看了看
跑堂的，接着把菜单反着放在了桌子上。跑堂的看到郭

☆郭锐和大刘来到了与地下党接头的地点会英楼饭庄。一位跑堂的风风火
火地忙活着，招呼他们坐下："二位用点什么？"郭锐按照约定的暗语说：
"炒饼一斤，汤两碗。口重，请多放点盐。"跑堂的听了激动地回答："可
以多加酱油。"他就是梁忠，张罗好饭菜后告诉郭锐："这些天，天天巡
查，在附近抓人到他家里修筑工事。好像他们听到了什么风声。"

锐这样的举动，眼前顿时一亮。他自己的心里知道，这是自己的同志定好的接头信号。

郭锐抬头看着跑堂的，按照约定的暗语说："炒饼一斤，汤两碗。口重，请都多放点盐。"

跑堂的听了之后，看着他们俩激动地回答："可以多加酱油。"这个跑堂的就是梁忠。他转身朝着厨房那边大声地喊道："炒饼一斤，汤两碗。"

郭锐和大刘能清楚地看到大街上敌兵正在搜查着过往的每一个行人。

梁忠张罗好饭菜后，低声告诉郭锐："这些天，他们天天巡查，还在附近抓人到他家里修筑工事。好像他们听到了什么风声。"

☆郭锐和大刘转头向窗外望去，看到敌人的巡逻队在街上严格盘查行人，稍不听话，就拳打脚踢。远处驶来一辆汽车，敌巡逻队队长急忙挥动指挥旗，拦住汽车，命令汽车上的人出示证件，认真查看，然后放行。

郭锐和大刘朝着窗外望去，看到敌人的巡逻队在街上严格盘查着来来往往的行人，行人要是稍有不听话，巡逻队的人上去就是拳打脚踢。

正在这时，远处驶来一辆汽车，敌人的巡逻队队长这时急忙挥动着手中的指挥旗，拦住了汽车，命令汽车上的人出示证件，认真查看，然后放行。

郭锐和大刘看到形势如此紧张，认真思考着对策。正在这时他们身后的饭桌上有两个客人也在小声地议论着此事。这时其中一个人问道："哎，怎么连当官的也检查？"

另一个听了以后，头也不抬地回答："别管这些，

☆郭锐和大刘看到形势如此紧张，认真思考着对策。他们身后的饭桌上有两个客人也在小声议论此事。一个人问："哎，怎么连当官的也检查？"另一个回答："最近吃紧。""防这个？"另一个连连点头。

听说他们最近吃紧了。"

一开始问话的那个这时把手伸出来，比划出一个"八"字，接着说："防这个。"另一个听了之后连连点头。

突然，敌搜索队队长王德彪带着手下大步走进了饭庄。梁忠连忙上前去打招呼："先生来啦，楼上请！楼上有雅座。"

王德彪手里夹着一支烟，四下看了看，往楼上走去。

☆突然，敌搜索队队长王德彪带着手下大步走进饭庄。梁忠连忙招呼："先生来啦，楼上请！雅座。"王德彪四下看了看，往楼上走去。

等王德彪他们上楼以后，梁忠急忙朝着郭锐走去，小声地给郭锐介绍道："这家伙，是师部搜索队队长王德彪。敌人新调来个炮团，阵地就设在城里。那个地方谁都不准靠近。敌师部新派来一个作战处处长，叫李殿发。"

☆梁忠支开了王德彪，急忙走近郭锐，介绍敌情："这家伙，是师部搜索队队长王德彪。敌人新调来个炮团，阵地设在城里。那个地方谁都不准靠近。敌师部新派来个作战处处长，叫李殿发。"

郭锐听了之后，对此很感兴趣。他就追问道："怎么？新派来一个作战处处长？"

梁忠说："对，是绥靖区派来的，昨天晚上刚到。关于炮团的情况……"正说着，传来有人下楼梯的声音。梁忠扔下一句"回头再谈"，就急忙离开了。

梁忠快步迎到楼梯口，看到王德彪一伙正从楼上下来。梁忠满脸堆笑地招呼道："先生走啦，您慢走啊。"他非常客气地一直把他们送到饭庄的门口。

王德彪刚刚跨出饭庄，还乡团头子老阎王就迎了上

来。看到了王德彪，还乡团头子着急地说："哎，王队长，您在这儿哪，让我好找啊。"

王德彪看着急急忙忙的还乡团头子，就知道他有情况要报告。于是王德彪赶紧问："有什么情况吗？"

还乡团头子指着饭庄的拐角处，低声说："咱们到那边说。"说完，他引着王德彪离开了。

☆王德彪刚跨出饭庄，还乡团头子迎了上来："哎，王队长，您在这儿哪，让我好找啊。"王德彪问："有什么情况吗？"还乡团头子指着饭庄拐角处："到那边。"引着王德彪离去。

还乡团指着的那个饭庄的拐角处，实际上离郭锐和大刘他们坐着的位置很近，其实就在他们旁边的那个窗户的外边。

还乡团头子把王德彪引到饭庄的僻静处，兴奋地对王德彪报告："昨天抓的那两个，我知道他们在哪儿。"他的话，坐在饭庄里面的郭锐和大刘听得一清二楚。

还乡团头子向王德彪讨好地说："明天我带你们掏他老窝去。"

王德彪听了之后，一口答应："好吧，我派人跟你们一块儿去。"

说完，二人就快步离开了。

☆还乡团头子把王德彪引到饭庄外的僻静处，兴奋地报告："昨天抓的那两个，我知道他们在哪儿。"坐在饭庄里面的郭锐和大刘听得一清二楚。还乡团头子向王德彪讨好地说："明天我带着你们掏他老窝去。"王德彪一口答应："好吧，我派人跟你们一块儿去。"说完，二人离去。

大刘听了还乡团头子和王德彪的话，着急地对郭锐说："这个家伙要去小村。"

郭锐也气得两眼冒火："哼，这个地头蛇！"说着，他将手中的碗重重地砸在桌上。

☆大刘听了还乡团头子和王德彪的话，着急地对郭锐说："这个家伙要去小村。"郭锐也气得两眼冒火："哼，这个地头蛇！"说着将手中的碗重重地砸在桌上。

第五章

一举击毙老阎王

当天晚上，化装成敌搜索队军官的姜排长来到了还乡团头子的家里。不明就里的还乡团头子赶紧给姜排长端过米茶，热情地招呼道："请喝茶！"

☆当天晚上，化装成敌搜索队军官的姜排长来到还乡团头子家里，斥责道："我们王队长说你们是一群废物！昨天夜里的事，你们是怎么搞的？连共军和搜索队都认不清。王队长跟我一提这件事就非常生气。他那可是给你留面子呐，真要是捅到上面去，你可得吃不了兜着走。"还乡团头子吓得又递茶又敬烟："当然。还得请长官在王队长面前给我多美言几句啊。"

姜排长故作生气地对还乡团头子斥责道："我们王队长说你们是一群废物！"

　　还乡团头子低着头，连连说："是，是。"

　　姜排长接着训斥道："昨天晚上的事，你们是怎么搞的？连共军和搜索队都认不清。王队长跟着一提这件事就非常生气。他那可是给你留面子呐，真要是捅到上面去，你可得吃不了兜着走。"

　　还乡团头子吓得又是递茶又是敬烟："当然。还得请长官在王队长面前给我多美言几句啊。"

　　还乡团头子一边说着一边给姜排长点了一支烟。姜

☆姜排长终于坐下了："以后可得多留神。"还乡团头子点头哈腰地说："那是啊。"姜排长又说："哎，你不是和王队长说去掏八路军老窝吗？这差事交给我啦。"还乡团头子说："哦，那太好了，请喝茶。"姜排长问："需要我们去多少人哪？""用不了多少，有二三十人足够收拾他们的了。""去什么地方？""我们村。""你们村？"还乡团头子回答："啊，小村。"

排长吸了一口，慢慢地把烟吐出来，来到了一个板凳跟前，坐下来接着说："以后，你可得多留神啊。"

还乡团头子跟在姜排长的后面，点头哈腰地说："那是啊。"

排长随后看着还乡团头子说："哎，你不是说要和王队长一起去掏八路军的老窝吗？"

还乡团头子听了之后，连忙点头说："哦，对，对。"

姜排长看着还乡团头子说："这差事交给我啦。"

还乡团头子听了非常高兴，立刻兴奋地说："哦，那太好了，请喝茶。"

姜排长接着问道："需要我们去多少人哪？"

还乡团头子想了想，然后回答说："用不了多少，有二三十人足够收拾他们的了。"

姜排长接着问道："去什么地方啊？"

还乡团头子不假思索地说："去我们村。"

姜排长疑惑地反问道："你们村？"

还乡团头子回答："啊，小村。"

姜排长听了之后，故意装作很惊讶的样子，说："小村？"

随后姜排长转头问小胡："哎，今天下去，咱们搜索队不是在小村附近还抓住两个人吗？"

小胡上前连忙回答道："是啊。"

还乡团头子一听，上前连忙问道："在小村附近抓住两个人？两个什么人啊？"

姜排长接着说："一男一女，都是共党干部。"

还乡团头子接着问道："姓什么？"

姜排长说："都是姓孙。"

还乡团头子不敢相信，接着问道："姓孙？"

姜排长说："好了，明天我可就等着你了。"

☆姜排长故作惊讶："小村？"转头问小胡："哎，今天下午，咱们搜索队不是在小村附近还抓住两个人吗？"小胡答："是啊。"还乡团头子忙问："在小村附近抓住两个人？两个什么人啊？"姜排长答："一男一女，都是共党干部。"还乡团头子追问："姓什么？"姜排长答："都是姓孙。"还乡团头子不敢相信："姓孙？"姜排长说："好了，明天我可就等着你了。"

还乡团头子见姜排长要走，连忙上前，拦住姜排长说："哎长官，我能不能跟着你们一块儿去看一看？"

姜排长看着还乡团头子问道："你去看什么？"

还乡团头子说："昨天跑了的那个女干部就是姓孙。那个男的说不定就是那个女的她哥哥。"

姜排长故作奇怪地说："你认识？"

还乡团头子说："我们是死对头。真要是他们俩，我非活埋了他们不行。"

姜排长说："那好吧，你就去认认，要是他们，明天可就省得我们去跑一趟了。"

☆还乡团头子拦住姜排长："哎，长官，我能不能跟你们一块儿去看一看？"姜排长问："你去看什么？"还乡团头子说．"昨天跑了的那个女干部就姓孙。那个男的说不定就是那个女的她哥哥。"姜排长问："你认识？"还乡团头子说："我们是死对头。真要是他们俩，我非活埋了他们不行。"姜排长说："那好吧，你就去认认，要是他们，明天可就省得我们去跑一趟了。"

还乡团头子连忙点点头说："对，对。"

随后还乡团头子跟随着姜排长和小胡就离开了他的家，进到一处院子。

孙秀英和孙诚背着手走出房门。

还乡团头子一看见他们俩就喜形于色地说："长官，就是他俩。"

随后还乡团头子来到孙秀英和孙诚的跟前，继续说："嘿嘿嘿嘿，你甭想逃出我的手心去，看你们今天还往哪儿跑？长官，把他们交给我了！"

孙秀英猛地掏出手枪，直指着还乡团头子，说："不许动！今天就是你的末日！"

☆孙秀英猛地掏出手枪，直指还乡团头子："不许动！今天就是你的末日！"

还乡团头子不甘心地把手举了起来，他回头向姜排长、小胡看去。

还乡团头子看到姜排长和小胡都举着枪对准了自己，他们的脸上正气凛然，双眼燃烧着仇恨的怒火。

还乡团头子终于明白自己又上了共军的当，转身想往外逃跑，结果是被孙诚一把抓住，锋利的匕首刺中了还乡团头子的胸膛，这个恶贯满盈的坏蛋怦然倒在了地上。

当天晚上，郭锐就组织大家召开了支委的扩大会议。郭锐看着大家说："处死老阎王，为我们到丰城侦

☆还乡团头子看到姜排长和小胡都举枪对准了自己，他们的脸上正气凛然，双眼燃烧着仇恨的怒火。

察扫清了一个障碍。

农会会长听了以后，高兴地说："也为老百姓除了一个祸害。"

孙诚和其他在座的同志很同意他们俩说的话，纷纷点头，说："是啊。"

郭锐紧接着说："现在，咱们支委会和地方党同志们一块儿研究一下，明天到敌炮团进行侦察的任务。关于敌人作战处长李殿发的情况，首长已经来电告诉我们……"

第六章

敌营中取配系图

孙秀英带领梁忠派来的交通员老王进屋。

郭锐站起来转身和孙秀英招呼道："孙秀英同志。"

孙秀英忙笑着跟郭锐他们介绍："郭参谋，这是梁

☆当晚，召开了支委扩大会。郭锐说："处死老阎王，为我们到丰城侦察扫清了一个障碍。"农会会长高兴地说："也为老百姓除了一个祸害。"孙诚等人一致赞同。郭锐紧接着说："现在，咱们支委会和地方党同志们一块儿研究一下，明天到敌炮团进行侦察的任务。关于敌人作战处长李殿发的情况，首长已经来电告诉我们……"这时，孙秀英带领梁忠派来的交通员老王进屋。

忠派来的交通员老王同志。"

　　随后老王紧紧握住了郭锐的手，热情地招呼着，郭锐也和老王热情地招呼着。随后他们就一起入座了，又开始了支委会。

　　老王坐下来后掏出材料对郭锐说："郭参谋，你要的东西我带来啦。"

　　郭锐赶紧接过来看，老王手指着上面的一份材料说："这是丰城敌人的情况。"

　　接着郭锐翻到了下一份材料，老王手指着说："这份材料是刚到丰城的敌炮团的情况。"

☆老王坐下后掏出材料："郭参谋，你要的东西我带来啦。"郭锐赶紧接过来看，老王手指其中一份说："这份材料是刚到丰城的敌炮团的情况。"孙秀英补充道："那个炮团团长叫黄雨轩。"郭锐边看边念："黄雨轩，唐山炮校毕业。"老王说："那小子啊，明天上午去会朋友。"郭锐："噢！正好，我们就趁他不在，明天去那儿进行侦察。"老王说，证件和吉普车由梁忠负责安排。

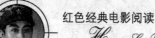

孙秀英接着补充道："那个炮团团长叫黄雨轩。"

郭锐听了以后，一边看着一边念道："黄雨轩，唐山炮校毕业。"

老王接着说："那小子，明天上午去会朋友。"

郭锐点点头，思考了一会儿然后说："噢！正好，我们就趁他不在，明天到那儿进行侦察。"

老王高兴地说："嗯，这样好。证件和吉普车由梁忠负责安排。"

第二天，梁忠挎着提篮走进国民党军营，他与一个汽车兵打着招呼："长官。"

汽车兵见梁忠走过来了，也招呼道："哎，梁师傅，送饭来啦。有什么好吃的？"

梁忠一边走一边说："没什么好吃的。溜片肠，老一套。外加个辣子鸡。"说着就来到了汽车兵的跟前。

汽车兵假装嬉皮笑脸地说："我看看。"汽车兵假装着要看提篮里的菜，靠近了梁忠。

梁忠这时趁机小声地说："你马上到车行去，郭锐同志在那儿等你。"

汽车兵说："好，我知道。呵，真香啊，趁热快送去吧。"

梁忠笑着说："好，回头见。"

汽车兵说："回头见。"

梁忠说完赶紧去送饭了，而汽车兵则赶紧上车驾着吉普车驶出了军营。

吉普车驶过了街道，直接开进了一家车行，姜排长正在这里接应他。

换了一副车牌后，吉普车又马上离开了车行，在街

道上穿行，不一会的工夫，吉普车驶进了敌人的炮兵团的驻地，一直开到炮兵团阵地前才停下来。

☆吉普车驶过街道，开进一家车行，姜排长正在这里接应他。换了一副车牌后，吉普车又离开车行，在街上穿行，不一会儿，吉普车驶进敌炮团驻地，一直开到炮团阵地前才停下。

吉普车停下来后，化装成敌军官的郭锐带着化装成他的随从的姜排长、大刘、小胡从车上下来，对炮团阵地进行视察。

"立正！"敌连长赶紧集合队伍，跑到郭锐面前敬礼："报告长官，步兵三十二师炮团二营五连连长陈世贵向您报告，我连正在操练。"

郭锐将戴着白手套的手轻轻一挥，说："嗯，继续操练。"

敌连长立即下令："是。稍息。"

姜排长走上前来，向敌连长介绍着郭锐："这是师部作战处新来的李处长。到此视察防务。"

敌连长连忙毕恭毕敬地说："是，请长官指教。"

☆敌连长立即下令："是。稍息。"姜排长走上前来，介绍郭锐："这是师部作战处新来的李处长，到此视察防务。"敌连长毕恭毕敬地说："是，请长官指教。"

郭锐并不理他，面色严肃地带领一行人走近大炮，仔细察看。

郭锐又走到炮群正面，伸手去摸炮口。

郭锐的白手套上立刻沾满了黑黑的油泥。

郭锐随后将手伸向了敌连长，质问道："嗯，你们的炮是怎么保养的？"

敌连长低下了头，偷窥着郭锐的脸色说："报告长官，我失职，请处置。"

☆郭锐带领一行人走近大炮，仔细察看。

☆郭锐又走到炮群正面，伸手去摸炮口。

　　郭锐一边把自己手上的手套拿掉，一边问："炮弹放在什么地方啊？"

敌连长指着远处的亭子对郭锐说:"长官请看,就放在那儿。"

☆敌连长低下了头,偷窥着郭锐的脸色说:"报告长官,我失职,请处置。"郭锐又问:"炮弹放在什么地方啊?"敌连长指着远处的亭子说:"放在那儿。"

郭锐往亭子的方向看了看,把摘下的白手套拿在手里,不屑地挥动着,拿腔拿调地说:"你们是何等的麻痹,嗯,炮弹离炮位太远了么,这完全不符合作战的要求。"

敌连长连忙说:"是。"

郭锐指着前面继续说:"这里起码要放一个基数的炮弹。嗯,太麻痹,太麻痹啦!"说完郭锐看了一眼敌连长,又问道:"你们的右翼是……"

敌连长连忙回答:"右翼是一营。"

郭锐听了以后,反问道:"一营?"

敌连长点点头，说："是。"

郭锐接着说："好吧，我们到一营看看去。"说完，郭锐就带着随行向右翼走去。

☆郭锐往亭子的方向看了看，摘下白手套，不屑地挥动着，拿腔拿调地说："你们是何等的麻痹，嗯，炮弹离炮位太远了么，这完全不符合作战的要求，这里起码要放一个基数的炮弹。嗯，太麻痹，太麻痹啦！"说完看了一眼敌连长，又问："你们的右翼是……"敌连长连忙回答："右翼是一营。""一营？好吧，我们到一营看看去。"郭锐带着随行向右翼走去。

突然，一名敌军官跑到郭锐的面前，立正、敬礼："报告长官，我们团长有请。"

郭锐听了之后，心中一惊，看了一眼身旁的大刘和姜排长。

大刘和姜排长也感到十分意外，互相示意，决心应付这突然变化的敌情。

此时，郭锐依旧是很镇定地问敌军官："团长在什么地方啊?"

　　敌军官手指着前方,对郭锐说:"不远,就在前面团部。"

　　郭锐听了之后,说:"走吧。"随后郭锐放慢了脚步,一边走一边试探地问道:"你们团长……"

　　敌军官连长解释道:"啊,刚从外地回来。接到门岗电话,才知长官光临,特派我先来迎接长官。"

☆此时,郭锐已然镇定地问敌军官:"团长在什么地方啊?"敌军官手指前方:"不远,就在前面团部。""走吧。"郭锐放慢了脚步,边走边试探着问,"你们团长……"敌军官连忙解释:"啊,刚从外地回来。接到门岗电话,才知长官光临,特派我先来迎接长官。"

　　郭锐突然转过头来,冲着大刘故意大声地质问道:"怎么,我们到这儿来视察,他们团长还不知道?"

　　大刘见机行事,马上回答道:"应该知道啊,我昨

天晚上就通知了。”

敌军官赶紧陪着笑脸说：“报告长官，昨天不是我值班。”

郭锐这才故作释然地说：“哦，是这样。那就算了。”

☆敌军官赶紧赔着笑脸说：“报告长官，昨天不是我值班。”郭锐故作释然："哦，是这样。"

郭锐一行人在敌军官的陪同下，穿过炮团阵地向着团部走去，几个人一路走一路仔细查看敌炮团的部署。郭锐把自己的白手套递给了在自己身边的大刘，下意识地掏出了兜里的烟盒拿在手中摆弄着，紧张地思考着如何应对这突然冒出来的敌炮团团长。

不一会儿，他们来到了敌炮团团部。敌炮团团长闻声迎接出了门外。敌军官连忙给郭锐介绍道："这是我们团长。"

姜排长介绍道:"这是我们作战处新来的李处长。"

敌炮团团长伸出手来,说:"大驾光临,有失远迎。请李处长多多……"

郭锐听敌团长这么说,心中立刻多了几分底气。没等团长把话说完,他连忙上前热情握手:"哪里,哪里,小弟刚到此地,只是随便走走。"

敌炮团团长受宠若惊地说:"欢迎,欢迎。请!"

郭锐胸有成竹地说:"请!"

二人一起携手进屋。

☆不一会儿,他们来到了敌炮团团部。敌炮团团长闻声出门。敌军官介绍:"这是我们团长。"姜排长介绍:"这是作战处新来的李处长。"敌炮团团长伸出手来:"大驾光临,有失远迎。请李处长多多……"郭锐上前热情握手:"哪里,哪里。小弟刚到此地,只是随便走走。"敌炮团团长受宠若惊:"欢迎,欢迎。请!"郭锐胸有成竹:"请!"二人一起进屋。

待众人都进屋后，郭锐和敌炮团团长双方又客气地互相谦让了一番，终于落座。

☆待众人都进屋后，郭锐和敌炮团团长双方又客气地谦让了一番，终于落座。

坐下后，郭锐看了看团长，先发制人地说："嗯，好面熟啊。咱们好像在哪儿见过。"

敌炮团团长听了之后，看着郭锐惊讶地说："哦，是吗？"

郭锐接着问道："你在唐山炮校受过训吧？"

敌炮团团长说："是啊，受过训呐。"

郭锐接着问道："你是不是叫黄……"

敌炮团团长接着答道："我叫黄雨轩。"

郭锐听了之后，显得十分兴奋地说："啊呀，你看看，你看看，我说嘛，原来咱们还是老同学啦。"

黄雨轩听了以后，有些不好意思地问："你是？"

郭锐流利地回答道："我是唐山炮校第四期的。"

黄雨轩也兴奋地说："小弟也是第四期的呀。"

郭锐接着问道："几中队呀？"

黄雨轩回答："十二中队的。"

郭锐说："哦，我是四中队的。"

☆坐下后，郭锐先发制人："嗯，好面熟啊。咱们好像在哪儿见过。"敌炮团团长惊讶地说："哦，是吗？""你在唐山炮校受过训吧？""是啊，受过训呐。""你是不是叫黄……""我叫黄雨轩。"郭锐显得十分兴奋："啊呀，你看看，你看看，我说嘛，原来咱们还是老同学啦。""你是？""我是唐山炮校第四期的。"郭锐流利地回答。

黄雨轩这时回忆起来了，接着说："噢，你们四中队是在靶场附近，我们十二中队在训导处前面，所以，我们平时……"

郭锐马上接过话头，说："所以，平时我们很少见面，啊，哈哈……"

黄雨轩这时连连点头，说："是啊，是啊。"

二人不禁放声大笑起来。

郭锐接着说："啊呀，黄团长，你可是比从前发福多喽。"

☆郭锐马上接过话头："所以，平时我们很少见面，啊。"黄雨轩连连点头："是啊，是啊。"二人不禁放声大笑。郭锐接着又说："啊呀，黄团长，你可是比从前发福多喽。"

黄雨轩听了以后，感慨道："啊呀，饱食终日，无所用心么。老兄啊，你的记忆力可真好啊。啊呀，老同学相会可真是千载难逢啊。"

说着，他和郭锐二人又哈哈大笑，姜排长和大刘也会心地相视而笑。

黄雨轩热情地招呼道："请喝茶，请喝茶。"

郭锐也装作非常感慨的样子，看着黄雨轩说："是啊，这一晃就是多少年过去喽。"

黄雨轩连声赞同道："是啊，是啊。"突然他话锋一转，问道："李处长来此之前是在……"

☆郭锐也装作非常感慨的样子："是啊，这一晃就是多少年过去喽。"黄雨轩连声赞同："是啊，是啊。"突然他话锋一转，问道，"李处长来此之前是在……"郭锐从容回答："绥靖区。"

郭锐听了以后从容地回答："绥靖区。"

黄雨轩点了点头说："哦。"他想了想，又问道，"老兄，上面对时局有什么高论哪？这里的消息么实在是闭塞得很哪。"说着，他给郭锐递烟、点火，显得十分殷勤。

郭锐抽着烟侃侃而谈："提起形势么，不瞒老同学你说呀，确乎有些不妙啊。目前共军已经展开全面的进攻，我军是防不胜防啊。唉，各战区是佳音不多呀。虽然，绥靖区长官深感忧虑，不过，我本人充满信心，甚为乐观。"说到这里，他语带双关地说，"只要我军继续团结奋斗，最后的胜利一定是我们的。"

☆郭锐抽着烟侃侃而谈："提起形势么，不瞒老同学你说呀，确乎有些不妙啊。目前共军已经展开全面的进攻，我军是防不胜防啊。唉，各战区是佳音不多呀。虽然，绥靖区长官深感忧虑，不过，我本人充满信心，甚为乐观。"说到这里，他语带双关地说，"只要我军继续团结奋斗，最后的胜利一定是我们的。"

　　黄雨轩听了之后深表敬佩，说："老兄高见。小弟也颇有同感。"

　　就在此时，只听得门声一响，有一个人推门进屋，原来是搜索队队长王德彪。

　　郭锐见王德彪走进屋来，心头一惊，注意观察他的举动。

王德彪进门就对黄雨轩喊了声："姐夫。"

黄雨轩起身招呼道："哦，是德彪啊。"

见黄雨轩起身，郭锐和姜排长也站起身来，大刘警惕地注视着屋里的情况。

黄雨轩将王德彪引到郭锐的面前，说："来来来，介绍一下。这位是师部作战处新来的李处长。"

王德彪听了之后，恭敬地对郭锐说："噢，您就是李处长。久仰久仰。"

黄雨轩又笑着请郭锐坐下。

☆王德彪进门就对黄雨轩喊了声："姐夫。""哦，德彪。"黄雨轩起身招呼，郭锐和姜排长也站起身来，大刘警惕地注视着。黄雨轩将王德彪引到郭锐面前："来来来，介绍一下。这位是师部作战处新来的李处长。"王德彪恭敬地说："噢，您就是李处长。久仰久仰。"黄雨轩请郭锐坐下。

　　黄雨轩和郭锐坐下后，才向郭锐引荐王德彪："这是我内弟，师部搜索队队长。"

　　王德彪立即站起来自报家门："不敢，不敢。呵，鄙人王德彪。"他看了看郭锐，笑着说："长官，您是昨天早晨到的吧？"

☆黄雨轩和郭锐坐下后，才向郭锐引见王德彪："这是我内弟，师部搜索队队长。"王德彪立即自报家门："呵，王德彪。"他看了看郭锐，笑着说："长官，您是昨天早晨到的吧？"

　　郭锐看着他，纠正道："不，前天晚上。"

　　王德彪讪笑着坐了下来，继续试探："噢，我是今天早上才听说。李处长从清南来？"

　　郭锐喷了一口烟，笑着回答道："呵呵，怎么，连耳目灵通的王队长都不知道我是从江宁来的吗？"

　　王德彪一听顿时语塞，回答不上话来。

黄雨轩觉得王德彪对这位"李处长"有一些唐突了，立刻责备道："德彪，这可是我的老同学。"

　　王德彪听黄雨轩这么说了之后，赶紧站起身来，对郭锐表示歉意："啊呀，小弟实在抱歉。唉，近来为搜捕共军，每天在外奔跑，搞得我头昏脑涨，要请李处长多多原谅啊。"

　　郭锐故作大度地说："都是自家兄弟，不必客气。"他一边说着，一边让王德彪坐下。

☆王德彪顿时语塞。黄雨轩责备道："德彪，这可是我的老同学。"王德彪闻听此言马上站起身来，表示歉意："啊呀，小弟实在抱歉。唉，近来为搜捕共军，每天在外奔跑，搞得我头昏脑涨，要请李处长多多原谅啊。"郭锐大度地说："不必客气。"让王德彪坐下。

　　王德彪落座后，黄雨轩关心地问道："德彪，最近怎么没有来啊？"

　　王德彪借此机会诉起苦来："唉，不用提啦。最近发现共军的一支侦察部队跑到我们这个防区来啦。他们活动得很厉害。昨天夜里竟然混进了城，把还乡团长给杀了。"

☆王德彪落座后，黄雨轩关心地问道："德彪，最近怎么没来啊？"王德彪借此机会诉起苦来："唉，不用提啦。最近发现共军的一支侦察部队跑到我们这个防区来啦。他们活动得很厉害。昨天夜里竟混进了城，把还乡团长给杀了。"黄雨轩惊讶地说："噢?"

　　黄雨轩听后惊讶地说："啊？还有这事?"

　　坐在郭锐旁边的姜排长探身问王德彪："共军胆敢进城?"

　　王德彪无奈地说："共军胆大包天，来去无踪。他们哪儿都敢去。"

　　郭锐故作姿态地指着王德彪说："王队长，你的责任可重大呀，要严加防范。不然，搞到你姐夫和我的头上，到时候可要找你哦，啊。"

听到郭锐这么说，在座的人都哈哈大笑。黄雨轩连连赞同："那当然了。"

王德彪十分自负地说："请处长放心，我们一定遵照师部的命令，昼夜加紧巡逻，抓到这股共军。"说完他看看手表，起身告辞："哎，姐夫，弟兄们还在外面搜查呢，我得去看看。李处长，失陪了，失陪了。"

黄雨轩突然想起了什么，匆匆向郭锐打了个招呼，也尾随王德彪走出门去。

☆听到郭锐这么说，在座的人都哈哈大笑。黄雨轩连连赞同："那当然了。"王德彪十分自负："请处长放心，我们一定遵照师部的命令，昼夜加紧巡逻，抓到这股共军。"说完他看看手表，起身告辞："哎，姐夫，弟兄们还在外面搜查呢，我得去看看。李处长，失陪了，失陪了。"黄雨轩突然想起什么，匆匆向郭锐打了个招呼，也尾随王德彪走出门去。

屋里只留下郭锐和姜排长、大刘三人，他们走近门口，注意听着屋外两个人的谈话。

黄雨轩说："德彪，你姐姐让我告诉你，明天她过生日，中午让你去吃饭。"

王德彪说："好吧。还请别人了吗？"

黄雨轩说："没有，这个时候不便。"

王德彪说："哎，对了。你要多加小心，我是特地为这事来的。"

黄雨轩说："哦，你放心。"

☆屋里只留下郭锐和姜排长、大刘三人，他们走近门口，注意听着屋外两个人的谈话。"德彪，你姐姐让我告诉你，明天她过生日，中午让你去吃饭。""好吧。还请别人？""没有，这个时候不便。""哎，对了。你要多加小心，我是特地为这事来的。""哦，你放心。"

王德彪说："好，那我走了。"

黄雨轩说："好，你也多注意点。"

郭锐慢慢走向屋内一面遮着布幔的墙，他凭常识知道这就是敌炮团的军事部署地图，如何才能打开布幔，

看到这张地图，并且取得这份重要的情报资料呢？郭锐陷入了沉思。

☆郭锐慢慢走向屋内一面遮着布幔的墙，他凭常识知道这就是敌炮团的军事部署地图，如何才能打开布幔，看到这张地图，并且取得这份重要的情报资料呢？郭锐陷入了沉思。

不一会儿，黄雨轩回到屋里。二人客气地互相请着落座，继续交谈。黄雨轩问道："老同学，刚才你到阵地上看了一下，有何见教啊？"

郭锐故意打哈哈："哪里哪里，我只是看了一个连。不过，从这个连就完全可以看出老兄的用心良苦啊。等以后看了全部的火力配系一定领教。"

黄雨轩听了之后，马上起身，说："老同学，来来来，请往这边看。"他快步走到地图墙前，拉开布幔，说："这是炮团的全部火力配系。请老兄多多指点。"

郭锐嘴上客套着："哪里哪里。"其实郭锐的眼睛正全神贯注地看着地图，一边看着一边问道："密集射击距离有多大？"

黄雨轩连忙答道："六千米。"

郭锐听了以后，接着说："哦，拦阻射击呢？"

黄雨轩答道："四千米。"

郭锐点了点头，满意地说："我看蛮好的，完全符合教范的要求，啊。"

黄雨轩听郭锐这么说，心中十分得意，嘴上还是谦虚地说："老兄过奖啦。"

☆郭锐嘴上客套着："哪里哪里。"眼睛全神贯注地看着地图，边看边问："密集射击距离有多大？"黄雨轩答："六千米。""哦，拦阻射击呢？""四千。"郭锐满意地说："我看蛮好的，完全合乎教范的要求，啊。"黄雨轩笑道："老兄过奖啦。"郭锐又问："黄团长，这个火力配系图报送师部了吗？"黄雨轩说："这是调整火力部署后刚刚绘制的，准备马上呈报师部。"

郭锐接着问道："黄团长，这个火力配系图报送师部了吗？"

黄雨轩说："这是调整火力部署后刚刚绘制的，准备马上呈报师部。"

黄雨轩突然想起了什么，说："哦，对了，请你等一等。"说完，他走到保险柜前，打开保险柜，取出一个公文袋，递给郭锐："作战处这份理应送去，你老兄来了，就请你带回去吧。"

郭锐轻松地笑着说："好吧。"说着，他双手接过公文袋，交给大刘，然后准备签字。

☆黄雨轩突然想起了什么，说："哦，对了，请你等一等。"他走到保险柜前，打开保险柜，取出一个公文袋，递给郭锐，说："作战处这份理应送去，你老兄来了，就请你带回去吧。"郭锐轻松地笑道："好吧。"双手接过公文袋，交给大刘，然后准备签字。

☆就在这时，那个敌军官急步来到门口，对黄雨轩说："报告，师部来电话，请您十点半到师部开会……"

☆正拿着笔准备签字的郭锐注意听着。那军官继续说："……关于紧急防务会议。"黄雨轩答应道："嗯，知道了。"

就在这时，那个敌军官急步来到门口，对黄雨轩说："报告，师部来电话，请您十点半到师部开会……"

正拿着笔准备签字的郭锐注意听着。那军官继续说："……关于紧急防务会议。"

黄雨轩答应着："嗯，知道了。"

郭锐赶紧签完字，送还了签字本，客气地告辞："黄团长，不打扰了，改日再会。"

黄雨轩意犹未尽地说："老兄，今日慢待了。请老兄有空到舍下一聚，我家住在太平街二号。"

☆郭锐送还签字本，客气地告辞："黄团长，不打扰了，改日再会。"黄雨轩意犹未尽："今日慢待了。请老兄有空到舍下一聚，我家住在太平街二号。"

郭锐笑容满面地点点头，语带双关地回答："一定拜访！"

第七章

团长宅获新情报

在我军的指挥部里，司令员正在接着电话，正在指挥着部队："继续向丰城前进，发扬连续作战的作风，要严密注视……"

正在此时，有一位战士给政委送来了一份材料。

☆指挥部。司令员正指挥部队向丰城前进，政委告诉他："根据敌工部情报，敌三零二高地一个炮团移向丰城。"此时参谋送来郭锐的电报。司令员念道："丰城敌人新设一零五榴弹炮二十四门……"政委肯定就是这个炮团。司令员继续念："另悉，敌人正在召开紧急防务会议，内容待查。"二人认为，这情报很重要，是敌人的新动向，回电命令郭锐迅速查清会议内容。

政委看了之后，对司令员说："老张，根据敌工部情报，敌三零二高地一个炮团移向丰城。"

此时，参谋送来郭锐的电报。司令员接过电报看着念道："丰城敌人新设一零五榴弹炮二十四门……"政委可以肯定就是这个炮团。

司令员继续念道："另悉，敌人正在召开紧急防务会议，内容待查。"二人认为，这个情报很重要，是敌人的新动向，回电命令郭锐迅速查清会议内容。

司令员对参谋说："小王，你马上给郭锐同志回电，命令他迅速查清敌人防务会议的内容。"

与此同时，敌师部正在召集所属各部军官开会。黄雨轩和与会军官准时坐在会议室的时候，不一会儿，敌

☆与此同时，敌师部正在召集所属各部军官开会。黄雨轩和与会军官准时坐在会议室等候，不一会儿，敌师参谋长引领着一位军官走进会议室，众军官起立、致意。敌师参谋长下令："各位请坐。"众军官整齐落座。

师参谋长引领着一位军官走进会议室，众军官起立、致意。敌师参谋长下令："各位请坐。"众军官整齐落座。

敌师参谋长指着与他一起进来的军官说："现在向诸位介绍一下，这位是师部新来的作战处李处长，大家鼓掌。"说完，他率先带头鼓掌，表示欢迎。

☆敌师参谋长指着与他一起进来的军官说："现在向诸位介绍一下，这位是师部新来的作战处李处长，大家鼓掌。"说完，他率先带头鼓掌，表示欢迎。

众军官一齐鼓掌，黄雨轩一边鼓掌一边注视着这位李处长，脸上显出惊讶的神色。

李处长向在座的军官一一点头示意。

敌师参谋长在一旁说："现在就请李处长给我们传达师部紧急防务会议的内容。"

黄雨轩一下呆住了，他不明白怎么出来了两个李处长。如果这个人才是李处长，那么去过自己团部而且自

己交给他布防图的那个人究竟是谁？

李处长说："诸位，鄙人把师部防务会议的内容扼
要地向各位传达一下。"

☆李处长向在座的军官一一点头示意。敌师参谋长在一旁说："现在就请李
处长给我们传达师部紧急防务会议的内容。"黄雨轩一下呆住了。李处长
说："诸位，鄙人把师部防务会议的内容扼要地向各位传达一下。"

黄雨轩终于明白他刚才在炮团接待的不是新来的作
战处长。他对面前这位李处长的讲话几乎一句都没有听
进去，只是掏出手帕不断地擦着额头冒出的冷汗。

郭锐带着姜排长、大刘一行人已经回到了小村，他
们又穿上了解放军的军服围坐在孙秀英家的桌子旁边开
会。在座的人听了郭锐他们奇特惊险的经历禁不住哈哈
大笑。

郭锐说："敌人那个黄团长是哑巴吃黄连，有苦说

不出。可是啊，他绝不会善罢甘休。"

郭锐接着告诉大家："现在，首长来电，命令我们迅速查清敌人紧急防务会议的内容。我们要分成几个组，到丰城和周围的永安、留庄、广台一带进行侦察，从敌人的动向来判断他们防务会议的内容。"

☆郭锐告诉大家："现在，首长来电，命令我们迅速查清敌人紧急防务会议的内容。我们要分成几个组，到丰城和周围的永安、留庄、广台一带进行侦察，从敌人的动向来判断他们防务会议的内容。"

随后孙秀英建议道："郭参谋，我们派两个同志和姜排长去永安，李祥和其他同志们一起去广台。"

郭锐听了以后，非常赞同孙秀英的建议，接着说："好啊。孙诚同志，你熟悉留庄，就带领同志们到那里去。秀英，你和我们一起到丰城。"

孙秀英点头同意，并说："好。"

丰城，靠近黄雨轩家的街口。孙秀英一身村姑的打扮，胳膊里挎着一个竹篮，正在大街上四下里观察。她发现了黄雨轩的勤务兵提着暖壶出来打水，回头向着站在远处的郭锐他们示意。

☆丰城，靠近黄雨轩家的街口。孙秀英一身村姑打扮，挎着竹篮，四下观察。她发现了黄雨轩的勤务兵提着暖壶出来打水，回头向站在远处的郭锐他们示意。

郭锐此时站在一个商人的摊位前点头回应。此时的他又换上了一身商人的打扮，头上戴着礼帽，上身穿着长衫。他身后的大刘、小胡则是一身短打，手里提着酒瓶和点心盒，成了郭锐的伙计和跟班。

孙秀英站在开水房外面观察着勤务兵的动静。卖水的老大爷正在往黄雨轩的勤务兵带来的水壶里倒着热气腾腾的开水，只见勤务兵打完了水却不给钱，看着卖水的老大爷嘴里还蛮横地说："老头子，我们团长说了，水钱一块儿付。"说完提起两个水壶就走了。卖水的老大爷气得干瞪眼，只得眼睁睁地看着勤务兵提着暖水壶扬长而去。

☆孙秀英站在开水房外面观察着勤务兵的动静。只见勤务兵打完了水却不给钱，嘴里还蛮横地说："老头子，我们团长说了，水钱一块儿付。"卖水的老大爷气得干瞪眼，勤务兵提着暖壶扬长而去。

　　等勤务兵走得稍微远了点，卖水的老大爷气愤地朝着勤务兵的背影狠狠地骂道："哼，这是什么世道！"说完准备朝里边走去，这一切都被站在窗户外的孙秀英看得一清二楚。

　　孙秀英隔着窗户问老大爷："老大爷，他是黄团长的家人吧？"

　　卖水的老大爷说："可不是嘛。从来打水都不给钱。

这群畜生。"

问完以后，孙秀英走了。

郭锐带领着大刘、小胡迎着黄雨轩的勤务兵走来。

☆卖水的老大爷气愤地朝着勤务兵的背影骂道："哼，这是什么世道！"孙秀英隔着窗户打听道："老大爷，他是黄团长家的人吧？"老大爷回答说："可不是嘛。从来打水都不给钱。这群畜生。"

郭锐上前两步，问道："小兄弟，你叫赵林吗？"

勤务兵站住，有些奇怪地看了看郭锐他们，回头答道："是啊。"

郭锐接着问："你们团长在家吗？"

勤务兵打量了他们几个一眼，问道："你们是？"

郭锐听了以后，笑着说："我是福源布店的老板，是来给团长太太送礼的。"

勤务兵疑惑地说："听说今天没有客人。"

郭锐笑着说："哦，我和你们团长是老朋友了，他是特意约我来的。"

勤务兵想了想，似乎也有道理。于是就对郭锐说："那好，跟我来吧。"说完，勤务兵就带领着他们走向黄雨轩的家。

☆郭锐带领大刘、小胡迎着勤务兵走来："小兄弟，你叫赵林吗？""是啊。""你们团长在家吗？"勤务兵问："你们是？"郭锐回答："我是福源布店的老板，是来给团长太太送礼的。"勤务兵疑惑地说："听说今天没有客人。"郭锐说："哦，我和你们团长是老朋友了，他特意约我来的。""那好，跟我来吧。"勤务兵带领他走向黄雨轩家。

此时，黄雨轩正在家里独自抽着烟，满腔烦恼。刚才开会的情形在他的脑海里一一展现，他的大脑里在飞快地思索着，他在怀疑着，担心自己是碰上了共军，但是这一切他现在还不敢太确定，可是心里总是很忐忑的。

团长太太正在忙着准备生日宴会，只见她从酒柜里
取出一瓶洋酒摆在桌子上，嘴里不停地叨咕："雨轩，
你告诉德彪了吗？他怎么还没有来啊？我过生日从来也
没有像今天这样，一个人都不请。好吧，咱们自己喝，
这瓶白兰地给德彪。雨轩，你喝大曲好吗？"

☆团长太太在忙着准备生日家宴，从酒柜里取出一瓶洋酒摆在桌上，嘴里
　不停地叨咕："雨轩，你告诉德彪了吗？他怎么还没有来啊？我过生日从
　来也没有像今年这样，一个人都不请。好吧，咱们自己喝，这瓶白兰地
　给德彪。雨轩，你喝大曲好吗？"黄雨轩心烦意乱，没有搭理她，独自走
　到外屋。团长太太又问："你这是怎么啦？"

　　黄雨轩心烦意乱，没有搭理她，也不愿意听她再唠
叨，就起身独自走到了外屋。

　　团长太太看了之后，觉得非常纳闷，就又问道：
"你这是怎么啦？"

　　黄雨轩走到屋外，一只手用力地戳着桌子的面，陷

入了深深的沉思，随后他又来到了一个板凳边坐下，耿耿于怀地自言自语道："不消灭他们，我决不罢休！"

☆黄雨轩走到外屋，一只手用力戳着桌面，耿耿于怀地自言自语道："不消灭他们，我绝不罢休！"

突然，外屋的门被推开了。

郭锐带领着大刘、小胡走了进来。

黄雨轩见到郭锐大惊失色。

郭锐坐了下来，看着一脸吃惊的黄雨轩，冷笑着说："怎么，黄团长，不认识老同学了吗？"

黄雨轩转身想从墙上挂着的枪套里把枪取出来。

大刘赶紧上前一步挡住了他，同时亮出匕首，厉声说："不想活了？"

团长太太看到这样的情形，惊叫了起来："啊！"吓得跌坐在餐桌旁的凳子上。

黄雨轩此时抚了抚自己的袖子，又拉了一下自己的军装，看着郭锐，咬牙切齿地说："先生，你可知道这是城里，到处都是我们的人。"

☆黄雨轩咬牙切齿地对郭锐说："先生，你可知道这是城里，到处都是我们的人。"

　　郭锐听了之后，呵呵笑了起来，看着黄雨轩反问道："先生，你可知道，整个丰城都在人民解放军的重重包围之中！"

　　黄雨轩接着威胁道："先生，你可不要忘了你现在的处境！"

　　郭锐听了之后，睁大了双眼，看着黄雨轩一字一句地说："先生，你也别忘了，昨天你亲手送给我们的那张火力配系图！"

　　黄雨轩一下子被郭锐的话给镇住了，只见他惊呆在了那里，无言以对。

郭锐猛地站起来，向前逼近了几步，看着黄雨轩，声色俱厉地警告说："师部要是知道了，后果你是很清楚的！"

☆郭锐回答说："先生，你也别忘了，昨天你亲手送给我们那张火力配系图！"黄雨轩一下子就被镇住了，惊呆在那里，无言以对。郭锐向前逼近几步，声色俱厉地警告说："师部要是知道了，后果你是很清楚的！"

黄雨轩听清楚了郭锐说的话，他的心里很清楚这件事情的后果，只见他双腿发软，跌坐在椅子上。

郭锐朝前又走几步，看着一脸狼狈的黄雨轩义正词严地说："黄团长，你应该认清形势，解放军在全国各个战场上已经展开了全面的反攻，蒋介石发动的反人民战争败局已定，丰城地区马上就要回到人民的手中。人民解放军的政策你是知道的，何去何从由你自己选择。"

黄雨轩一直低着头听着郭锐讲话，这时候他转头看了看大刘手中的匕首，又抬头看了看郭锐。

☆黄雨轩一直低头听着郭锐讲话，这时他转头看了看大刘手中的匕首，又抬头看了看郭锐。

此时，郭锐的双眼炯炯有神，怒而生威的目光正在像利剑一般直射在黄雨轩的脸上，深深地刺进他的心里。

黄雨轩这时又低下了头，嗫嚅着说："那……你们……"

郭锐走近了黄雨轩，看着他问道："我问你，昨天到师部开的是什么会？"

黄雨轩抬头看了看郭锐，小声地说："李处长传达防务会议的事情。"

郭锐听了以后，接着追问道："什么内容？"

黄雨轩吞吞吐吐地说："这……我……"

大刘看着黄雨轩那吞吞吐吐的样子，举起匕首，逼近他说："我什么，快说！"

郭锐看着黄雨轩冷冷地说："不说么，团长先生，那就委屈你跟我们走一趟吧。"

大刘手持着匕首，呵斥道："走！"

黄雨轩正在犹豫，团长太太跑了过来，声嘶力竭地喊着："雨轩，你就说了吧！"

☆大刘手持匕首，呵斥道："走！"黄雨轩正在犹豫，团长太太跑了过来，声嘶力竭地喊着："雨轩，你就说了吧！"

郭锐威严的目光逼视着黄雨轩。

黄雨轩看着郭锐那威严的目光，双手禁不住颤抖起来，看着郭锐结结巴巴地说："我说。防务会议决定，要把永安、留庄、广台的驻军全部收缩集结到丰城，准

备固守。"

　　郭锐听了之后，接着追问道："收缩的时间和路线呢？"

　　黄雨轩怯懦地说："没有传达。"

　　郭锐听了以后，根本就不相信，看着黄雨轩，厉声说："什么？没有传达！"

☆郭锐追问："收缩的时间和路线呢？"黄雨轩说："没有传达。"郭锐厉声说："什么，没有传达！"

　　黄雨轩抬起头来，看着郭锐那严厉的神情，赶紧解释道："先生，是真的没有传达呀。"

　　大刘手里拿着匕首，看着黄雨轩警告道："不要耍花招！"

　　黄雨轩接着解释道："我真的不知道啊！因为我们没有收缩任务，所以没有传达。"

突然，桌子上的电话铃声响了起来，团长太太想伸手去接，回头看了郭锐一眼，赶紧把手缩了回去。

　　郭锐看着一直在响的电话，看了看黄雨轩，示意黄雨轩去接电话。

☆黄雨轩辩解说："先生，是真的没有传达呀。"大刘警告他："不要耍花招！"黄雨轩再三解释："我真的不知道啊！因为我们没有收缩任务，所以没有传达。"突然，桌上的电话铃声响了起来，郭锐示意黄雨轩去接。

　　黄雨轩走过去，拿起电话，问道："哎，谁啊？"

　　电话里传来王德彪的声音："我是德彪啊，姐夫，我得晚点来。"

　　郭锐立即按住了电话的听筒，命令黄雨轩："问他，为什么？"

　　黄雨轩听了之后，连忙对着电话筒问道："为什么呀？"

　　王德彪根本不知道黄雨轩这边发生的事情，既然是自己的姐夫问自己的事情，就连忙说："明天上午，李处长要到各地视察防务会议的执行情况，叫我马上到他那儿去一趟。"

　　等王德彪说完，郭锐又按住黄雨轩手里的电话话筒，命令道："问他，什么时间？"

☆黄雨轩走过去，拿起电话："哎，谁啊？"电话里传来王德彪的声音："我是德彪啊，姐夫，我得晚点来。"郭锐立即按住电话听筒，命令黄雨轩："问他，为什么？"黄雨轩问后，王德彪说："明天上午，李处长要到各地视察防务会议的执行情况，叫我马上到他那儿去一趟。"郭锐命令黄雨轩："问他，什么时间？"

　　黄雨轩没有办法，只好对着话筒再次问道："什么时间哪？"

　　电话里传来了王德彪回答："明天上午十点，十点呐。"

黄雨轩看一眼站在自己身边的郭锐，郭锐示意他将手里的电话挂掉。

黄雨轩就对着话筒说："嗯，好吧。"黄雨轩不敢多说，只好悻悻地把电话挂上了。

郭锐警告黄雨轩："好吧，团长先生，就不打扰了。今天的事情，如果你不怕牵连自己，可以去报告。不过，我们还会再见面的，你要多想一想你的下场！"说完，他就带领大刘、小胡扬长而去。

等到郭锐他们走远了，团长太太才哭哭啼啼地喊着"雨轩！"跑过来。黄雨轩气冲冲地使劲摇着电话，刚刚

☆黄雨轩只得再问："什么时间哪？"电话里王德彪回答："明天上午十点，十点呐。"黄雨轩看一眼郭锐，郭锐示意他把电话挂断，黄雨轩不敢多说，悻悻地放下电话。郭锐警告黄雨轩："好吧，团长先生，就不打扰了。今天的事情，如果你不怕牵连自己，可以去报告。不过，我们还会见面的，你要多想一想你的下场！"说完，带领大刘、小胡扬长而去。

要接通，他又用力把电话机按住。团长太太在一旁看

着，心急如焚却又莫名其妙。

☆等到郭锐他们走远了，团长太太才哭哭啼啼地喊着"雨轩！"跑过来。黄雨轩气冲冲地使劲摇电话，刚刚要接通，他又用力把电话机按住。团长太太在一旁看着，心急如焚却又莫名其妙。

　　黄雨轩自己都不知道究竟应该怎么办，他气急败坏地拿起桌子上的玻璃杯使劲摔到地下。

　　就在这时，王德彪推开屋门，走了进来。他看到屋里的景象，十分诧异地问道："姐夫，又怎么啦？"

　　团长太太看见王德彪来了，像遇到救星似的，凄惶地喊着："德彪！"

　　黄雨轩却垂头丧气地扶着门柱，只叹气，不说话。

　　王德彪安慰道："因为那张图吗？姐夫，咱们尽快想办法对付他们就是了。"

　　黄雨轩转过身来，气急败坏地嚷道："哎呀，刚才他们又来了!"

王德彪听了之后,大吃一惊,看着黄雨轩惊讶地问道:"什么?"

黄雨轩手指着刚才郭锐他们站的地方给王德彪说:"你打电话的时候他们就站在这儿。"

王德彪赶紧来到黄雨轩的跟前,埋怨地说:"你怎么不早告诉我呢!"

黄雨轩有口难辩地说:"我能告诉你吗!我……"说完,他就把头扭向了一边。

王德彪气坏了,只见他急步走到电话机前,拿起话筒就要往外打电话。

☆王德彪安慰道:"还为那样张图吗?姐夫,咱们尽快想办法对付他们就是了。"黄雨轩气急败坏地嚷道:"哎呀,刚才他们又来了!"王德彪大吃一惊:"什么?"黄雨轩手指着说:"你打电话的时候他们就站在这儿。"王德彪埋怨道:"你怎么不早告诉我呢!"黄雨轩有口难辩:"我能告诉你吗!我……"

黄雨轩见王德彪要打电话,要把发生在自己身上的事情给说出去，他想到了郭锐那威严的目光，只见他快步来到电话机旁，一把按住了电话，并对王德彪说："德彪，抓住他们，你打算怎么办？"

王德彪想了想，恶狠狠地说："把他们抓到手，先干掉，灭口除根。"

黄雨轩听了王德彪说的话，攥紧了拳头，咬牙切齿地说："好！和我想的一样，只有抓住了他们，拿回了那张图，才能解除我的心头之患！"

王德彪点点头，使劲地摇起电话。

☆王德彪急步走到电话机前，拿起话筒要往外打。黄雨轩一把按住电话："德彪，抓住他们，你打算怎么办？"王德彪恶狠狠地说："把他们抓到手，先干掉，灭口除根。"黄雨轩攥紧拳头，咬牙切齿地说："好！和我想的一样，只有抓住他们，拿回那张图，才能解除我的心头之患！"王德彪点点头，使劲摇起电话。

第八章

巧避敌满城搜捕

只见国民党军营的门口，荷枪实弹的士兵蜂拥着冲出了大门。一个军官正挥手指挥着队伍，兵分两路，快速前进。

☆只见国民党军营门口，荷枪实弹的士兵蜂拥着冲出大门。一个军官正挥手指挥队伍，兵分两路，快速前进。

丰城的大街上警笛鸣响，行人纷纷躲闪，国民党士兵抓住每一个行人强行搜身，行辄拳脚相加，肆意殴

打。待他们走远后，有的行人气愤地朝他们的背影吐唾
沫："呸！"

☆丰城街上警笛鸣响，行人纷纷躲闪，国民党士兵抓住每一个行人强行搜
　身，动辄拳脚相加，肆意殴打。待他们走远后，有的行人气愤地朝他们
　背影吐唾沫："呸！"

　　卖水的老大爷被国民党士兵抢过去了柴禾，还被打
倒在了地上。老大爷被路人扶起来后，指着国民党士兵
的背影大声骂道："哼！这一群土匪！"

　　在县城中心，几条大街的交会处，王德彪正指挥着
手下的士兵，分多路搜铺郭锐一行人。

　　就在此时，郭锐率领孙秀英、大刘、小胡等人正疾
步走向城门口，准备出城。此时的城门口有国民党的士
兵正在搜索着每一个过往的行人，而且是十分仔细地搜
索着。突然，郭锐停住了脚步，往远处看去。

两个国民党士兵已经把城门关上了。

郭锐与孙秀英会意地交流了一下眼神，几个人转身
离开。

☆郭锐与孙秀英会意地交流了一下眼神，几个人转身离开。

王德彪率领着一路人马来到了路口，停下脚步，四
下搜寻，突然发现了什么。

郭锐意识到王德彪发现了自己，立即命令道："分
头行动！"他们几个迅速在一处街巷口分手。郭锐带着
大刘拐了弯，孙秀英则领着小胡钻进另一个方向的小
巷里。

王德彪带领一群士兵跑到路口，径直朝着郭锐走的
方向追去。小胡和孙秀英此时隐蔽在小巷的墙角，看到
王德彪朝着那边追去，小胡为了掩护郭锐，只见他拿出
手枪，朝着天上开了一枪，来转移敌人的注意力。

　　王德彪听到了枪声，果然率领着士兵掉过头来，朝着枪响的方向追去，钻进了狭窄的小街巷。

☆王德彪听到枪声，果然率领士兵调过头来，朝枪响的方向跑去，钻进了狭窄的小街巷。

　　见王德彪追了过来，孙秀英凭着对地形的熟悉，招呼着："小胡，快，跟我来。"二人在街巷里穿来转去，王德彪率领着士兵紧追不舍。

　　小胡在一处巷口停下来，对孙秀英说："孙同志，你先走，我来对付他们。"

　　孙秀英不肯，对小胡说："你……"

　　小胡催着孙秀英说："快！"说着转身向敌人追来的方向开枪射击。

　　两个跑在前面的敌兵应声倒地，其余的士兵急忙止步，踌躇不前。小胡转身和孙秀英一起跑进小巷的深处。

　　王德彪催促着士兵往前追，大声命令道："给我射！射！"士兵们龟缩不前，王德彪只得自己跑上前去，举起枪来朝着孙秀英、小胡跑去的方向射击。

☆王德彪催促士兵往前追，大声命令道："给我射！射！"士兵们龟缩不前，王德彪只得自己跑上前去，举起枪来朝孙秀英、小胡跑去的方向射击。

　　小胡一边跑，一边回头朝着追过来的王德彪进行射击。孙秀英在前面催促着小胡："小胡，快！"

　　突然，王德彪一枪射过来，小胡的手臂中弹了。

　　孙秀英发现了，跑了回来，叫道："小胡！"

　　小胡不顾自身的安危，又朝着身后开了两枪。孙秀英拉着小胡跑向旁边的一家院子："快！进去！"

　　孙秀英带着小胡跑进院子，正好卖水的老大爷抱着柴禾从屋里走了出来。

孙秀英喊了声"大爷!"

老大爷一回头，孙秀英认出他来，亲切地招呼道："老大爷!"

急切中，老大爷顿时明白了他们的身份，又发现小胡的手臂上负了伤，不等孙秀英再说什么，赶紧让小胡、孙秀英进到里屋里躲避："快！来，里屋。"随后老大爷转身把门给关上了。

☆孙秀英带着小胡跑进院子，正好卖水的老大爷抱着柴禾从屋里走出来。孙秀英喊了声"大爷!"老大爷一回头，孙秀英认出他来，亲切地招呼道："老大爷!"急切中，老大爷顿时明白了他们的身份，又发现小胡负了伤，不等孙秀英再说什么，赶紧让小胡、孙秀英进到里屋躲避："快！来，里屋。"

王德彪带着一群士兵追到了老大爷家的附近，发现突然不见了孙秀英、小胡的踪迹。王德彪四下看了看，命令士兵们："挨家挨户搜！东边!"

在老大爷家的里屋，孙秀英已经帮小胡隐藏在了一堆箩筐后面。她听着外面的动静，拉开一条门缝往外看，发现王德彪带着一群士兵闯进了老大爷家的院子里，孙秀英的心里一惊，飞快地思考着对策。

☆在老大爷家的里屋，孙秀英已经帮小胡隐藏在了一堆箩筐后面。她听着外面的动静，拉开一条门缝往外看，发现王德彪带着一群士兵闯进了院里，心中一惊，飞快地思考着对策。

王德彪带领着一群士兵冲进了卖水的老大爷的院子里，正要四下里搜索。

孙秀英此刻已经想出了对策，只见她转身在老大爷的屋里找到了一副扁担和一个水桶。随后孙秀英就挑着一副水桶从屋里从容地走了出来，向着院子的门口走去。

孙秀英肩上挑着水桶从在老大爷院子里搜索的匪兵

的跟前走过去，像没有看见一样，这时王德彪看着她，厉声喝道："站住!"

☆王德彪带领一群士兵冲进院里，正要四下搜索。孙秀英挑着一副水桶从屋里出来，向院门口走去。王德彪厉声喝道："站住!"

　　听到王德彪的喊声，孙秀英这时停下了脚步，背对着王德彪问道："你们这是干什么?"

　　王德彪看着背对着自己的孙秀英接着说："干什么? 我问你。"

　　孙秀英手里拿着扁担，又要走，只见王德彪看着孙秀英拿起水桶又要走，就上前两步气势汹汹地喝住，"听着! 刚才有一个受伤的八路跑到你们这儿来啦，你们把他给藏在哪儿了?"

　　孙秀英依旧背对着王德彪，不耐烦地说："我们这儿没有进来人。"

王德彪不相信孙秀英说的话，疑惑地说："没进来人？不对！我们明明看到有人逃到这边来了。"随后王德彪对着他带领的匪兵大声地下令道："搜！"

☆孙秀英停住脚步，背对着王德彪问："你们这是干什么？""干什么？我问你，"王德彪见孙秀英拿起水桶又要走，气势汹汹地喝住，"听着！刚才有一个受伤的八路跑到你们这儿来啦，你们把他藏哪儿了？"孙秀英回答："我们这儿没进来人。"王德彪不信："没进来人？搜！"

一个国民党士兵端着枪进到屋里来搜查，正好老大爷在屋里的门口里面一点正在忙着收拾着东西，遭到了老大爷的阻拦。

匪兵端着枪对老大爷怒声喊道："老东西，躲开！"士兵用枪把将老大爷推倒在地上。他们先在外屋四下翻找，一无所获，又跑进了里屋去搜查。

老大爷为了掩护在里屋躲藏的小胡，故意在外屋把柴禾推给拉散了，发出了很大的声响。

　　端着枪在里屋搜索的国民党士兵吓得赶紧从里屋跑
了出来，慌慌张张地朝着四处查看到底是怎么回事了。

☆一个国民党兵进屋搜查，遭到老大爷的阻拦。"老东西，躲开！"士兵用
　枪把将老大爷推倒在地，先在外屋四下翻找，一无所获，又跑进里屋去
　找。老大爷为了掩护在里屋躲藏的小胡，故意在外屋拉散柴禾堆，发出
　很大的声响。士兵吓得端着枪从里屋跑出来，慌慌张张地朝四处查看。

　　国民党士兵跑出来一看，见是老大爷在拿着的柴禾
堆给散了，也没有再担心什么。柴禾堆旁，老大爷正蹲
在地上拣着劈柴，见国民党士兵出来了，又开始在外屋
搜索起来。

　　老大爷冷眼朝着国民党士兵望去，观察着敌人的
动静。

　　"他妈的，老东西！"国民党士兵骂了一声跑出

屋去。

老大爷见国民党士兵走了出去，赶紧把自己手里抱着的劈柴放在地上，快步走到外屋的门口，朝着外面看着。

院子里，王德彪正在指挥着国民党士兵继续在认真地搜查着，正在这时一位国民党士兵尖叫了起来："队长。"

王德彪走到那位国民党士兵的跟前，厉声问道："什么？"那位国民党士兵大声地说："地上有血！"

在屋子里收拾柴禾的老大爷听到院子里士兵喊道："队长，地上有血！"心中大吃一惊，急步跑到门边，隔着屋门注意听着院子里的动静。

☆王德彪正指挥士兵继续在院里搜查，突然一个士兵尖叫起来："队长，地上有血！"王德彪转身望去。

孙秀英也很清楚听到了国民党士兵说的话，她的心中此时也是非常紧张。这时王德彪转身看了看站在院子里的孙秀英，不怀好意地走到她的身旁，冷笑着说："哼！呵呵呵呵呵，这回我看你还有什么好说的？啊哈，快把人交出来！"

　　孙秀英此时依然镇定地回答："跟你说过了，我们这儿没有进来人。"

☆孙秀英心中也很紧张。这时王德彪不怀好意地走到她身旁，冷笑道："哼！呵呵呵呵呵，这回我看你还有什么可说的？啊哈，快把人交出来！"孙秀英依然外表镇定地回答："跟你说过了，我们这儿没进来人。"王德彪立即翻了脸："你敢不交，我就枪毙你！"

　　王德彪看着一脸正气的孙秀英，冷笑了两声，立即翻了脸："你敢不交，我就枪毙你！"

　　屋里的老大爷听到王德彪的话，急忙走回了柴禾堆，拿起斧子，毫不犹豫地朝着自己的手上砍去，顿时鲜血从伤口处流了出来。

☆屋里的老大爷听到王德彪的话，急忙走回柴禾堆，拿起斧子，毫不犹豫地朝自己手上砍去，顿时鲜血从伤口处流了出来。

　　此时，躲藏在里屋的小胡也在紧张地听着外面的动静，只听见王德彪大声威逼着孙秀英："你交不交？我再问你一边，你现在到底交还是不交？把她绑起来！"

　　小胡听到这儿，再也待不住了，看到自己的同志为了掩护自己马上就要被敌人给绑起来，只见他持枪跳出箩筐堆，准备冲出去面对敌人。

　　王德彪命令手下把孙秀英给绑起来，孙秀英使劲地挣扎着，并大声地喊道："干什么！"

　　此时，一声大吼响了起来："住手！"只见老大爷从屋里冲了出来，怒目注视着国民党士兵，"你们为什么

绑我的孩子?"说着,他一把将孙秀英拉到自己的身后,
保护起来。

☆王德彪命令手下把孙秀英绑起来,孙秀英使劲挣扎:"干什么!"此时,
　一声大吼:"住手!"老大爷从屋里冲出来,"你们为什么绑我的孩子?"
　说着,一把将孙秀英拉到自己身后,保护起来。

　　王德彪和士兵们见老大爷走了出来,立即用枪对准
了老大爷。

　　王德彪这时走到老大爷的跟前,用手枪对着老大
爷,怒声斥道:"老东西,你甭给我装糊涂!乖乖地把
八路快交出来!"

　　老大爷看着王德彪,冷冷地说:"八路?没有见过。"

　　王德彪被老大爷的话给激怒了,只见他看着老大爷
大声地斥骂道:"什么!你还敢嘴硬?"随后王德彪指着
老大爷身后,地上的血继续大骂道:"他妈的,你看,

这是什么！啊？这地上的血是哪来的？"

等王德彪说完，老大爷冷笑了一声，说："哼哼，那是我劈柴碰破了手！"说着将自己的手举起起来，伸在了王德彪的面前，让他看看究竟是怎么回事。

☆王德彪被激怒了："什么！你还敢嘴硬？他妈的，你看，这是什么！啊？这地上的血是哪来的？"老大爷冷笑一声："哼哼，那是我劈柴碰破了手！你看，这还有血呢！"说着举起受伤的手。王德彪惊讶地瞪着他还在流血的手，一双贼眼来回打量着老大爷和孙秀英，然后转身进屋搜看。

王德彪看着老大爷的手，只见上面还有血在往下滴着，这时老大爷接着说："你看，这还有血呢！"

王德彪惊讶地瞪着他还在流血的手，一双贼眼来来回回打量着老大爷和孙秀英，然后转身又进到屋里去搜看。

看见王德彪亲自到屋子里去搜查，孙秀英的心里一

— 144 —

惊。她这是担心小胡的安危，眼睛紧紧盯着屋里，脑子里想着如何应对万一出现的危急情况。

☆看见王德彪亲自进屋搜查，孙秀英心中一惊。她担心小胡的安危，眼睛紧紧盯着屋里，脑子里想着如何应对万一出现的危急情况。

　　老大爷也十分担心王德彪进屋后小胡的安危。他瞪大了双眼注视着屋里的动静。

　　此时，小胡已经持枪隐蔽在里屋的门后，随时准备与王德彪决一死战。

　　王德彪进到屋里后，首先发现了柴禾堆旁边的血迹，他弯下腰拿起地上的一根木柴，仔细看着留在上面的血迹，似乎感到有什么不对劲的地方，正在琢磨着，外面传来急促的喊声"王队长，王队长……"他只得扔下木柴跑了出去。

　　王德彪跑出屋来，还想继续盘问老大爷，院子外面士兵们更加慌乱的喊声"王队长——王队长——"还夹带着声声枪响和尖利的哨声。

王德彪再也待不下去了，说了声"走!"率领着院子里的士兵跑了出去。

☆王德彪跑出屋来，还想继续盘问老大爷，院外传来士兵们更加慌乱的喊声"王队长——王队长——"还夹带着声声枪响和尖利的哨声。王德彪再也待不住了，说了声"走!"率领着院里的士兵跑了出去。

听到王德彪一伙离开了，小胡终于松了口气，把枪插回了腰间。

老大爷和孙秀英跑了进来，三人欣慰地相聚。

小胡想和老大爷握手致谢，突然发现老人家的手上的伤，关切地问道："老大爷，您的手?"

孙秀英也关心地扶着老人，问道："老大爷，您?"

老大爷看着他们俩那关切的眼神，笑着回答道：

"同志，你们为我们出生入死的，我做这点算什么。你们快回来吧，我们老百姓整天盼着你们哪！"

小胡听了十分感动，兴奋地告诉老人："老大爷，我们很快就要打回来啦。"

☆老大爷笑着回答说："同志，你们为我们出生入死的，我做这点算什么。你们快回来吧，我们老百姓整天地盼着你们哪！"小胡听了十分感动，兴奋地告诉老人："老大爷，我们很快就要打回来啦。"

孙秀英看着老大爷那期待的眼神，也动情地说："老大爷，丰城就要解放啦。"

老大爷听了他们的话，心情无比激动地说："那可好啊！"

老大爷说着掀开身上的衣服，用力撕下一块布条，交给孙秀英，并说："来，快给他包上，我出去看着点，啊。"

孙秀英看着老大爷，感动得不知道说什么才好，激动地说："您……"

小胡感激地喊了声"老大爷！"还想说些什么，老大爷摆摆手，快步走出门去。

孙秀英拿着布条要给小胡包扎伤口，对着小胡说："来。"

小胡却急切地对孙秀英说："秀英同志，我们要马上到预定的集合点去找郭参谋。"

☆孙秀英拿着布条要给小胡包扎伤口："来。"小胡却着急地对她说："秀英同志，我们要马上到预定集合点去找郭参谋。"

果然，在约定的集合地点，郭锐正在焦急地等待小胡和孙秀英的到来，郭锐在房间里来回踱着步，大刘、地下党梁忠、司机小张也在屋里待命。

郭锐又看了看手表，对梁忠说："梁忠同志，时间

已经到了，怎么小胡、孙秀英他们还没有回来啊？"

梁忠知道郭锐这是担心同志们安危，想了想就上前给郭锐说："郭参谋，是不是这样，你们先走，我们负责找到他们。"

郭锐听了之后，坚定地说："不行，我们一定要想办法找到他们一块儿走。"

"好，我马上去看看。"梁忠听了之后，答应着出了屋。

☆果然，在约定的集合点，郭锐正焦急地等待小胡和孙秀英的到来，大刘、地下党梁忠、司机小张也在屋里待命。郭锐又看了看手表说："梁忠同志，时间已经到了，怎么小胡、秀英他们还没来啊？"梁忠说："郭参谋，是不是这样，你们先走，我们负责找到他们。"郭锐："不，我们一定要想办法找到他们一块儿走。""好，我马上去看看。"梁忠答应着出了屋。

梁忠刚刚走到大门口，孙秀英、小胡就匆匆地进门了。看到他们回来了，梁忠高兴地说："你们可来了，正要去找你们。快进屋。"

地下党交通员老王随即进来报告："现在开始放行了。"

梁忠听了之后，朝老王点点头，开始朝着屋里走去，吉普车司机走出来了，梁忠拉着吉普车司机的胳膊，告诉他："来，小张，可以出车了。"

"是！"小张答应着就出门驾车，载着郭锐他们疾速离去。

☆梁忠刚走到大门口，孙秀英、小胡匆匆进门。梁忠高兴地说："你们可来了，正要去找你们。快进屋。"地下党交通员老王随即进来报告："现在开始放行了。"梁忠转身告诉吉普车司机："来，小张，可以出车了。""是！"小张答应着就出门驾车，载着郭锐他们疾速离去。

在城门口，城门已经打开，王德彪带领着一伙人严阵以待。

士兵们强行搜查着过往的行人，老百姓稍有迟疑，就会遭到打骂。

王德彪正在搜查着一个老百姓，那老百姓慢了一点走过来，王德彪上去就是一脚，一下把那个老百姓给打倒在了地上，并指着地上的老百姓对士兵说："把他绑下去。"

忽然，传来汽车驶近的声音，王德彪急忙转身，举起手拦截："停下！"

☆这时，在城门口，城门已经打开，王德彪正带着一伙人严阵以待。士兵们强行搜查过往行人，老百姓稍有迟疑，就遭打骂。忽然，传来汽车驶近的声音，王德彪急忙转身，举手拦截："站住！"

一辆快速驶来的吉普车看见了王德彪在举手拦截，戛然而止，坐在驾驶座上的正是小张。王德彪走上前来，使劲把吉普车的车门拉开，冲着里面的司机大声地喊道："证件！"已经穿上国民党军服的小胡把手伸进自己的上衣口袋里，掏出来证件，将证件递给了他。

王德彪接过证件，拿在自己的手里仔细地看了看，又不放心地朝着车内张望。

车内，在后座上坐着的郭锐正虎视眈眈地看着王德彪。

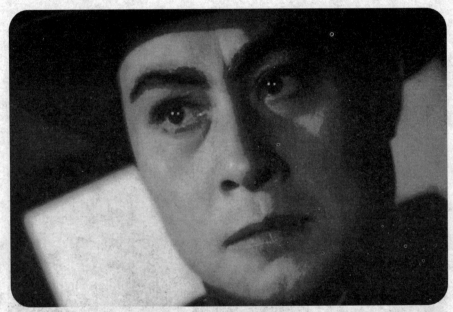

☆车内，在后座上坐着的郭锐正虎视眈眈地看着王德彪。

王德彪看见郭锐，心中大惊。他似乎不相信自己的眼睛，探身向着车内仔细察看。

王德彪看到车里的这几个人，郭锐、孙秀英、大刘、小胡也正看着他，只见王德彪还没有来得及想明白是怎么一回事，就被小胡一拳打在了脸上。王德彪只觉得自己的眼前一片眩晕，随即倒在了地上。

小张趁着这个机会驾着吉普车，急速驶向城门。

等到王德彪从地上爬起来，掏出手枪，捂着脸，一边打一边大声地喊"截住他"时，吉普车早就已经驶出了城门，飞速驶向了远方。

　　郭锐回到小村，立即召集大家开会，汇总各路的侦察情况。

　　郭锐对大家说："我们到丰城区的情况就是这样。"

　　随后姜排长接着说："郭参谋，匪团长的口供说是要收缩，可我们今天还看到永安的敌人在大修着工事。"

☆郭锐回到小村，立即召集大家开会，汇总各路侦察情况。姜排长说："郭参谋，匪团长的口供说是要收缩，可我们今天还看到永安的敌人在大修工事。"孙诚汇报说："留庄的敌人也在砍树，拆老百姓的房子，忙着修工事。"

　　孙诚接着汇报说："留庄的敌人也在砍树，拆老百姓的房子，忙着修工事。"

　　去广台侦察的农会会长说："广台也是，抓了好多民工。"

等大家都汇报完了，大刘分析道："我看黄雨轩这小子说不定是提供了假情报。"

姜排长则对这样的情况有自己不同的看法，他说："不一定，我看敌人这是在摆迷魂阵。"

农会会长听了大刘和姜排长的分析，觉得姜排长的分析合乎道理，就说："八成是，我们还看见敌人的几辆卡车拉着他们的官太太往丰城去。"

大刘听了以后，受到了启发，就说："这里边一定有鬼。"

☆农会会长说："广台也是，抓了好多民工。"大刘分析道："我看，黄雨轩这小子说不定提供了假情报。"姜排长另有想法："不一定，我看敌人在摆迷魂阵。"农会会长赞同说："八成是，我们还看见敌人的几辆卡车拉着他们的官太太往丰城去。"大刘受到启发："这里边一定有鬼。"

郭锐听了大家的意见，觉得很有道理，频频点头，最后总结说："同志们，我们要从敌人活动的表面现象看到实质。根据种种迹象表明，敌人大修工事是假，收缩集结是真。敌人想用以假乱真的手法造成我们判断上的错误，叫我们上当，这是枉费心机。"

☆郭锐听着众人的意见，频频点头，最后总结说："同志们，我们要从敌人活动的表面现象看到实质。种种迹象表明，敌人大修工事是假，收缩集结是真。敌人想用以假乱真的手法造成我们判断上的错误，叫我们上当，这是枉费心机。"

此时，在国民党军师部，王德彪怯懦懦地走了进来。

敌师长看到王德彪进来了，就看着他斥责道："来的共军你给我抓到没有？"

王德彪看着师长那生气的样子，不敢大声地说话，站在那儿，低着头，嗫嚅着说："报告师长，全城都搜查遍了，没有……没有抓到共军，只抓到一些可疑分子。"

敌师长听了之后，看着王德彪，愤怒地骂道："饭桶！你是干什么吃的？继续搜索！对那些可疑分子要严加审讯！"

"是！"王德彪急忙转身离去。

等王德彪走出去了，敌师长这时又指示另一个军官："命令各地继续加紧构筑工事！"军官应声离去。

☆此时，在国民党军师部，师长正斥责王德彪："你给我抓到没有？"王德彪嗫嚅道："报告师长，全城都搜查遍了，没有……没有抓到共军，只抓到一些可疑分子。"师长大骂："饭桶！你是干什么吃的？继续搜索！对那些可疑分子要严加审讯！""是！"王德彪急忙转身离去。师长又指示另一军官："命令各地继续加紧构筑工事！"军官应声离开。

这时，敌副师长站起来，凑上前来对师长提醒道："师座，我军既然已经决定收缩，我看那些工事不用再修了吧。"

　　敌师长听了之后，极不耐烦地解释道："哎，共军一向神机妙算，我不得不防。老兄，兵不厌诈！"

☆这时，副师长凑上前来提醒道："师座，我军既已决定收缩，我看那些工事不用再修了吧。"师长极不耐烦地解释说："哎，共军一向神机妙算，我不得不防。老兄，兵不厌诈！"

第九章　再设计俘敌处长

与此同时，在解放军的指挥部，首长们刚刚收到郭锐的电报，政委站在作战地图前哈哈大笑起来，接着说："根据各方面的情报，敌人大造假象，进一步证明他们要收缩。"

☆与此同时，在解放军指挥部，首长们刚刚收到郭锐的电报，政委站在作战地图前哈哈大笑："根据各方面的情报，敌人大造假象，进一步证明他们要收缩。郭锐同志的判断和我们的分析完全一致。敌炮团团长的口供经核实是可靠的。"

坐在那里手里拿着电报的司令员听了之后，点点头，说："嗯。"

　　政委接着说："郭锐同志的判断和我们的分析是完全一致的。敌炮团团长的口供经核实是可靠地。"

　　司令员听了以后，想了想说："嗯，我们要将计就计，在敌人收缩集结的运动中把他们歼灭！"

　　政委觉得司令员的话很有道理，频频点头。这时司令员站了起来，接着又说："我们现在急需知道敌人收缩的时间和路线。"

　　政委听了之后，十分赞同司令员的说法，点点头，说："对。"

☆司令员想了想说："嗯，我们要将计就计，在敌人收缩集结的运动中把他们歼灭！"政委频频点头。司令员又说："我们现在急需知道敌人收缩的时间和路线。""对！"政委十分赞同。司令员当即下令："小王，你马上给郭锐同志回电。"

随后，司令员立即给郭锐他们下了命令："小王，你马上给郭锐同志回电。"

在小村，郭锐收到指挥部发来的电报，拿在手里，念道："望速查清敌人收缩的时间和路线。"他念完电报，不由地陷入了沉思。

☆小村。郭锐收到指挥部发来的电报，念道："望速查清敌人收缩的时间和路线。"他念完电报，不由地陷入了沉思。

郭锐认真思考着如何完成这次的任务。他一边想着一边在屋里来回踱着步。他的心中首先想起了毛主席的教导："毛主席说，指挥员使用一切可能的和必要的侦察手段，将侦察得来的敌方情况的各种材料加以去粗取精、去伪存真，由此及彼、由表及里的思索……"接着，他又想起了这些日子以来看到、听到的种种情况。

接着郭锐回想起在丰城的大街上，敌人的执法队摆开阵势进行执法检查，执法队长挥动着手中的指挥旗，拦住了一辆开过来的吉普车，喊道："证件!"然后吉普车上的司机赶紧把自己的证件递了过去，等他们检查完证件之后才准许通行。

☆郭锐回想起在丰城街上，敌人的执法队摆开阵势进行执法检查，执法队长挥动指挥旗，拦住一辆吉普车，检查完证件才准许通行。

紧接着郭锐的脑海里回想起在会英楼饭庄，梁忠说的"敌师部新派来个作战处处长，叫李殿发。"

接下来郭锐的脑海里清晰地浮现出黄雨轩接到王德彪电话的情景。

王德彪拿起了电话，电话的那头王德彪说："明天上午，李处长要到各地视察防务会议的执行情况，叫我马上到他那儿去一趟。"

黄雨轩拿着电话，在郭锐的命令下，问道："什么时间?"

王德彪在电话里清楚地说:"明天上午十点,十点呐。"

郭锐的脑海里一一清晰地浮现了这些情况,当回想完这些情况之后,郭锐的脸上露出了会心的笑容,他进一步思考着。

☆郭锐回想到这些情况,露出会心的笑容,他进一步思考着。

深夜,姜排长开完民主会之后来找郭锐汇报情况。他走进了院子,看见了大刘,上前与担任警戒的大刘敬礼致意后,大刘示意屋内的郭锐正在紧张地思考着侦察方案。姜排长朝着屋里望去。

姜排长走进屋里说:"郭参谋,你还没有休息?"

郭锐连忙招呼他坐下说:"姜排长,来来来来,你来得正好,我正要找你呢。同志们民主会开得怎么样?"

姜排长说："大家讨论得可热烈了。"

郭锐听了以后非常高兴，接着问道："都出些什么好主意啊？"

☆姜排长走进屋里说："郭参谋，你还没有休息？"郭锐连忙招呼他坐下说："姜排长，来来来来，你来得正好，我正要找你呢。同志们民主会开得怎么样？"姜排长说："大家讨论得可热烈了。"郭锐问："都出些什么好主意啊？"

姜排长汇报说："同志们想了很多办法，多数人的意见是抓一个知道内情的人。"

郭锐听了之后，兴奋地说："好啊，我们再和地方党组织详细地研究一下，啊。"

姜排长高兴地说："好。"

说完，两人一起出屋去找地方的党组织去了。

地方上的党组织正在开着支委会。农会会长这时说："敌人收缩的时间、路线啊，只有他们头头脑脑的才清楚啊。"

孙秀英听了之后，点点头，说："对，最好想办法抓他们一个知道底细的人。"

孙诚听了之后，看着孙秀英说："民兵也是这个意见。"

正在此时，郭锐和姜排长走了进来，孙秀英站起来，高兴地叫道："郭参谋。"

郭锐看着他们说："秀英同志，你们讨论得怎么样了呀？"

接着大家让开了座，让郭锐和姜排长和大家坐在了一起。

☆地方党组织正在开支委会。农会会长说："敌人收缩的时间、路线啊，只有他们头头脑脑的才清楚啊。"孙秀英："对，最好想办法抓一个知道底细的人。"孙诚说："民兵也是这个意见。"这时，郭锐和姜排长走了进来："秀英同志，你们讨论得怎么样了呀？"孙秀英说："经过全体民兵讨论，我们支委也进行了研究，认为必须抓一个知道他们底细的头面人物。"

　　孙秀英看着郭锐说："经过全体民兵讨论，我们支委也进行了研究，认为必须抓一个知道他们底细的头面人物。"

　　郭锐听了之后，惊喜地说："哦！"

　　姜排长也接着说："战士们的想法和你们的完全一致啊。"

　　郭锐听了之后，兴奋地说："咱们都想到一块儿了啊。"

　　孙秀英看着郭锐心急地说："郭参谋，你就说说吧。"

☆郭锐惊喜地说："哦！"姜排长说："战士们的想法和你们的完全一致啊。"郭锐兴奋地说："咱们都想到一块儿了啊。"孙秀英心急地说："郭参谋，你就说说吧。"郭锐胸有成竹地说："好，明天上午十点，敌人那个作战处处长李殿发，要到各部队视察紧急防务会议执行的情况。南门外是他必经之路，我们哪，就在那儿设卡抓他！"

　　郭锐听了大家的话之后，看着大家胸有成竹地说：
"好，明天上午十点，敌人的那个作战处处长李殿发，
要到各部队视察紧急防务会议执行的情况。南门外是他
必经之路，我们哪，就在那儿设卡抓他！"

　　孙诚听了之后，大声赞同地说："这个办法好！"

　　郭锐拿起杯子、火柴盒在桌子上摆开阵势，用手指
沾着茶水画图示意给大家看着："你们看啊，这是城里，
这是南门，这是南门外的地形，这是会英楼饭庄，这两
条路通往山里，如果发生什么情况，我们就从这两条路
撤退进山。敌人执法队活动的规律是每天在这里设卡。"
孙秀英看了之后，接着补充道："梁忠同志在会英楼饭
庄这里监视敌人执法队。"

☆农会会长用手指着桌上画着交叉路口的地方说："老王和老李在这两条路
　口放哨，防止意外。"

　　农会会长这时用手指着桌子上画着的交叉路口的地方说："老王和老李在这两条路口放哨，防止意外。"

　　姜排长听完大家的介绍之后，高兴地说："我看，这个方案很好。"

　　孙秀英站起来，看着郭锐，主动请战："郭参谋，我带着民兵在松树岭接应你们。"

☆姜排长高兴地说："我看，这个方案很好。"孙秀英站起来，主动请战："郭参谋，我带民兵在松树岭接应你们。"

　　郭锐看着大家意气风发地说："好啊，我看抓敌人作战处处长的方案就这样定了。明天我们就在这儿，"接着他用手指着桌子上画的南门外的位置，"设卡！"

　　第二天，化装成国民党执法队队长的郭锐，高举着指挥旗，站在丰城南门外的街上。侦察队的战士们都穿上国民党兵的服装，戴着执法队的袖标，端着枪，分列

☆第二天，化装成国民党军执法队队长的郭锐，高举指挥旗，站在丰城南门外的街上。侦察队的战士们都穿上国民党兵的服装，戴着执法队的袖标，端着枪，分列两旁。

在两旁。

正在这时，一辆载着国民党士兵的军用卡车快速地驶过来了，看见郭锐手里高高举着的指挥旗，立即停车，接受检查。司机把自己的证件掏出来递给了郭锐看，郭锐手里拿着仔细地看了看，然后把证件还给了卡车的司机。检查完毕，郭锐举起手一挥手中的旗，卡车开走了。

接着一个国民党军官手里惦着一个公文包，徒步走来，走到郭锐的跟前，郭锐将手里的指挥旗一挥，那个国民党军官停了下来，郭锐这时候示意要检查证件，军

官这时急忙从自己的上衣口袋里把证件给掏了出来，交给了郭锐。

郭锐把军官的证件拿在手里，仔细地看了看，接着抬起头来，看着军官问道："到什么地方去？"

军官连忙回答："到师部。"

郭锐接着又问道："干什么？"

军官连忙回答："到三处联系军务。"

郭锐随后将证件交回军官，一挥手中的旗子，军官离开了。

其他的人陆续主动递上证件让郭锐检查。

这时，郭锐发现远处有情况，他警惕地注视着。

☆这时，郭锐发现远处有情况，他警惕地注视着。

原来，一支国民党军的队伍朝着这边走来，战士们立即端起枪，严阵以待。

郭锐和大刘交流了一下眼神。

国民党军的队伍越走越近。

郭锐镇定自若地注视着国民党队伍的动向。

☆郭锐镇定自若地注视着国民党军队伍的动向。

这时，一位戴着礼帽、穿着长衫的中年男人走了过来，把手里拿着的证件交到了郭锐的手里。

郭锐看了一眼，大声地喊道："戳是假的，带下去！"接着上来一位士兵把那个中年男人给连推带搡地给拉了进去。

带队的军官向郭锐敬礼致意。

军官来到郭锐的面前，根本没有对郭锐等一帮人产生任何的怀疑，郭锐镇定地挥动了手中的指挥旗，军官率领着队伍从郭锐的面前通过。

郭锐看了看手表，耐心地等待着李处长的到来，突然他发现远处出现了王德彪的身影。

王德彪似乎也发现这支执法队有些异常，他吩咐手下："跟上去！"自己则径直朝着郭锐他们走来。

郭锐走近大刘，低声交待："你去截住他。"说完，他就转过身去，背对着王德彪走来的方向。

☆郭锐走近大刘，低声交待："你去截住他。"说完，他就转过身去，背对着王德彪走来的方向。

郭锐背着手，慢慢地往前走。王德彪走近了，他不自觉地跟在郭锐的身后，满腹狐疑地观察着两旁的战士们，大刘则紧随在其身后。

就在王德彪快要接近郭锐的时候，郭锐猛地转过身来，怒视着王德彪。

王德彪抬头看着郭锐，大吃一惊，立即把手伸进腰间要拔出手枪。

几个战士这时赶紧围了上来，大刘则上前一步按住
了他的手，夺过了手枪。

郭锐一步步逼近了王德彪，双眼怒视着他，王德彪
看着步步逼近自己的郭锐，连连往后退着，这时郭锐厉
声说："王队长，我们又见面了。"

☆郭锐一步步逼近王德彪："王队长，我们又见面了！"

王德彪气急败坏地说："你！"这时，他看到远处有
国民党军官向这边走来，气焰又开始嚣张了起来，双眼
瞪着郭锐，愤怒地说，"哼，先生，你们不要忘了，这
是我们的地面。"

郭锐面对王德彪的危险，毫不畏惧，义正词严地
说："你是我们的俘虏，放老实点！不然要你的命！"

王德彪依旧顽固不化，依旧垂死挣扎地说："哼，
你……不敢……开枪！"

郭锐则怒视着王德彪，严厉警告："告诉你，要是有一点声张，马上打死你！"

☆郭锐严厉警告："告诉你，要是有一点声张，马上打死你！"

等那个国民党军官走近了，小胡上前拦住他，说："站住！"

军官掏出证件，小胡打开检查。

军官没好气地朝着郭锐和王德彪这边看着。

郭锐迅速地从自己的兜里掏出来一支烟，递给王德彪，厉声说："抽烟！"

王德彪看着郭锐犹豫地疑惑起来。郭锐的目光狠狠地正在盯着他，在郭锐的威逼下，王德彪不得不接过烟。随后郭锐从兜里取出打火机，点燃了火苗，装作要给王德彪点烟的样子。

王德彪正要把烟放在打火机上把烟给点着，这时那个军官已经被检查完证件，朝着前面走来，一边走一边举着手向王德彪打招呼道："呵，王队长，您在这儿忙呢！"

郭锐手里的打火机一直举着，监视着王德彪的反应。

☆那个军官检查完证件，朝前走来，边走边举手向王德彪打招呼："呵，王队长，您在这儿忙呢！"郭锐举着打火机，监视着王德彪的反应。

王德彪见军官和自己热情地打着招呼，立即把头抬起来，看着他，满脸堆笑，其实他的心里是多么希望那位军官能看出来自己现在是多么被逼无奈啊。王德彪现在只得假装着若无其事地答应着："咳，忙！"

郭锐也转过头来朝着军官微笑着点了点头。军官满脸带着笑容答应着："你好，回头见！"说着，他就径直朝前走去。

"回头见！"王德彪回答了一声，无奈地看着那个军官走远了。

　　郭锐见军官已经走远，"啪"一下关掉打火机，快步走近大刘，吩咐道："先把他看起来！"

　　"是！"大刘答应着，随即将王德彪押到附近的隐蔽处。

　　此时，一辆军用吉普车在丰城的大街上驶过，正在朝着南门的方向开来。

☆此时，一辆军用吉普车在丰城街上驶过，朝南门方向开来。

　　郭锐正在看表，此时听到了不远处传来了汽车的声音，马上回头望去。

　　郭锐估计吉普车上坐着的很可能就是他们等待已久的敌作战处处长李殿发。

　　郭锐此时迅速地转过身来，两脚叉开，牢牢地站在大路的中间，左手叉腰，右手扬起指挥旗，拦阻住快速驶来的吉普车。

吉普车看到有人站在路的中间，手里还一直挥着指挥旗，猛地刹住了车，停了下来。郭锐随即快步走到吉普车的旁边，对着吉普车上的司机说："对不起，请拿出证件来。"说着郭锐来到了吉普车副驾驶座位的跟前。

车上坐着的正是新调来的敌人的作战处处长李殿发。一听说要检查他的证件，李殿发看着郭锐，十分骄横地说："我就是师部的，还要什么证件？"

☆吉普车猛地刹车停住。郭锐快步走到车旁："对不起，请拿出证件来。"车上坐着的正是新调来的敌作战处处长，一听说要检查他的证件，十分骄横地说："我是师部的，还要什么证件？"

郭锐看着他，把左手插在了腰间，大声地回答："这是命令！任何人都得出示证件。"

　　敌人的作战处处长，这时看着郭锐那一脸认真的样子，非常生气，对着郭锐不屑一顾地说："岂有此理！我没有工夫跟你啰嗦。开车！"

　　大刘已经气势汹汹地端着枪冲到了司机的旁边，用枪头撞了一下司机的帽子。厉声说："你开，我就打死你！"

　　司机一看这阵势，立刻吓得都不行了，看着大刘连连说："不敢，不敢！"

　　敌作战处处长看到这样的情景，更加怒火中烧，他没有想到在这儿竟然有人敢这么对自己，简直就是不想要命了，只见他冲着郭锐大声地嚷道："你好大的胆子！"

☆敌作战处长不屑一顾地说："岂有此理！我没有工夫跟你啰嗦。开车！"大刘端着枪冲到司机身旁，厉声说："你开，我就打死你！"司机连连说："不敢，不敢！"敌作战处处长见此情景更加怒火中烧，冲着郭锐嚷道："你好大的胆子！"

郭锐此时比敌人作战处处长更加大声地下令："把他拖下来！"

☆郭锐比敌作战处处长更加大声地下令："把他拖下来！"

郭锐说完侦察队的几个战士立即扑了上去，抓住敌人作战处处长将他拉下车。国民党的士兵想举起来枪拦住，并冲着战士们喊道："你们要干什么！"侦察队的战士上前把他们给一把推开了。敌人作战处处长冲向郭锐，气急败坏地说："你！"

郭锐挺身向前，朝着敌人作战处处长步步逼近。敌人作战处处长看着步步紧逼的郭锐，没有了任何办法，只好被逼无奈地说："好，给你！"说完他转身回头走向吉普车，去取证件。

就在此时，国民党军的执法队队长带领着一队士兵，按照每天的惯例，走出了丰城的南门。他们的左臂上都戴着醒目的执法队的袖标。

会英楼饭庄的门口，梁忠正在观察着敌人的动静，看到执法队出了南门，赶紧按照约定的暗号，解下围裙用力拍打着，向郭锐发出警告。

郭锐看到了梁忠发来的信号。

☆郭锐看到了梁忠发来的信号。

这时，敌人作战处处长从吉普车上取出了证件，来到郭锐的面前，把手里拿着的证件交给了郭锐。

郭锐伸手把证件接过来，拿在自己的手里，仔细查看。

敌人的作战处处长这时看着郭锐气势汹汹地说："现在，你该知道我是谁了吧。"

郭锐听他说完，脸上立即露出了微笑，一语双关地看着敌人的作战处处长回答："不错，就是李处长先生。

请上车吧！"

　　郭锐转身朝着侦察队的战士们一挥手，说："快！"

　　战士们听到郭锐的命令迅速包围着敌人的作战处处长，并一起押着他上了车，大刘也押着王德彪登上了吉普车。

☆郭锐脸上露出笑容，一语双关地回答："不错，就是你处长先生。请上车吧！"他朝侦察队的战士们一挥手，说："快！"战士们迅速包围着敌作战处处长一起上了车，大刘也押着王德彪登上吉普车。

　　与此同时，国民党军的执法队队长正带领执法队的士兵跑步向前。

　　还没有等敌人的执法队赶到，郭锐和侦察队的战士们已经带着被抓获的敌人作战处处长和搜索队队长王德彪，乘着那辆吉普车，飞速离去。

　　不一会儿，国民党军的师长接到了电话。他说：

"什么？一些身份不明的人冒充我们的执法队？"

一个国民党军官正在打电话报告："是的，师长。他们乘一辆中型吉普逃走了！"

☆一个国民党军官正在打电话报告："是的，师长。他们乘一辆中型吉普逃走了！"

国民党军师长听了之后，怒不可遏，命令道："前面堵截！后面派摩托给我追！"

于是，国民党军的摩托车队立即驶出兵营，经过会英楼饭庄，直接向着南门外追去。同时，另一部分国民党军的士兵带着兵器纷纷爬上了卡车，准备从正面去堵截郭锐他们。

吉普车的车轮在飞转，司机小张紧张地驾车奔向城外的山路。郭锐坐在车上，一边注视着四周的敌情，一边扯下臂上佩戴的执法队袖标，扔到了车厢里。

侦察队的战士们纷纷效仿郭锐的动作，纷纷都摘下自己臂上的执法队袖标，扔到了车厢里。敌人的作战处处长蹲在车厢的中间，对于侦察队人员的举动很是不理解，疑惑地转头望着他们，他现在还没有搞清楚这些拿着枪对着自己的究竟是什么队伍。而和他在一起的王德彪则对车上的这帮人心知肚明，可是看着他们一个个端着枪对着自己，也不敢给敌人的作战处处长说什么，只是垂头丧气地蹲在一旁。

☆侦察队战士们仿效郭锐的动作，纷纷摘下执法队袖标，扔到车厢里。敌作战处处长疑惑地转头望着他们，他还没有搞清楚这些拿枪对着自己的究竟是什么队伍。王德彪则心知肚明，垂头丧气地蹲在一旁。

  国民党军的摩托车队快速追赶着吉普车。他们在山路上追逐，枪声紧密。

  郭锐率领侦察队的战士们向渐渐追上来的敌人的摩

托车队开始射击。

　　盘山路曲折蜿蜒，吉普车飞速前进，敌人的摩托车队紧紧追赶。

　　郭锐举起枪朝着敌人的摩托车队射击。敌人的第一辆摩托车被郭锐击中，失去了控制撞到旁边的山体上，起火爆炸。后面的几辆摩托车被阻拦住了，吉普车快速向前驶去。

☆郭锐举枪朝着敌人的摩托车队射击。敌人的第一辆摩托车被郭锐击中，失去控制撞到山体，起火爆炸。后面的几辆摩托车被阻，吉普车快速向前驶去。

　　在另一个方向，两辆载满了国民党士兵的卡车沿着公路快速驶来。

　　郭锐坐在吉普车上，端着枪观察四周，迅速思考着当前的敌情。不一会儿，郭锐转身对身旁的大刘说：

"大刘，后面有追兵，前面一定会有堵截！我们不能再走了。"

大刘听了之后，看了看郭锐，问道："怎么办？"

郭锐当机立断："干掉它！"

"是！"大刘答应着通知前面的司机停车。

☆郭锐在吉普车上，端着枪观察四周，迅速思考着当前的敌情。不一会儿，他对身旁的大刘说："大刘，后面有追兵，前面一定会有堵截！我们不能再走了。"大刘问："怎么办？"郭锐当机立断："干掉它！""是！"大刘答应着通知前面司机停车。

吉普车这时驶过盘山公路的急拐弯处紧急刹车停住了。郭锐指挥着战士们迅速下车，命令几个战士押着敌人的作战处处长和王德彪到山上去隐蔽，又安排其他的战士选择有利地形，准备阻击敌人的摩托车队。不料，走在前面的王德彪乘机跳下了山坡，企图逃跑。

郭锐这时急忙冲上前去，只见王德彪顺势滚下山

坡，爬起来后又拼命往前跑。郭锐马上端起枪，一梭子子弹射出。

王德彪应声中弹倒在了地上，滚下了山坡。

郭锐击毙了王德彪，安排好对敌作战处处长的看押工作后，立即率领战士们隐蔽在树丛里，观察山下敌军的动静。

不一会儿，敌人的摩托车队赶来了。郭锐他们乘坐的吉普车横放在路上，敌人的摩托车无法通过。摩托车上的敌人怒骂着纷纷下车。

☆郭锐击毙了王德彪，安排好对敌作战处处长的看押工作后，立即率领战士们隐蔽在树丛里，观察山下敌军动静。不一会儿，敌人的摩托车队赶来了，但是，郭锐他们乘坐的吉普车横放在路上，摩托车无法通过。摩托车上的敌人纷纷下车。

郭锐见时机到了，立刻大吼一声："打！"

侦察队战士们一齐开枪射击，并接连把手榴弹给扔了出去。

顿时，山下一片混乱。敌军的官兵被炸，摩托车着火。

这时，孙秀英和孙诚率领的民兵队伍正在山路上急速行进。听到密集的枪声、爆炸声，孙秀英兴奋地喊道："是郭参谋他们！"大家群情激昂。

突然，孙诚手指着公路上，招呼着："秀英！你看！"

☆这时，孙秀英和孙诚率领民兵队伍正在山路上急速行进。听到密集的枪声、爆炸声，孙秀英兴奋地喊道："是郭参谋他们！"大家群情激昂。突然，孙诚手指公路，招呼着："秀英！你看！"

原来，在另一个方向的公路上，两辆载满国民党军士兵的卡车正在驶来。

孙秀英马上当机立断地命令道："截住！"

孙诚马上指挥一部分民兵到前方埋伏。孙秀英带领另几个民兵去埋设地雷。

此时，郭锐和侦察队的战士们正在与敌人的摩托车队进行了激烈的战斗。敌人的士兵纷纷中弹，东倒西歪，一片狼藉。郭锐这时率领着战士们冲下山来，继续追赶着残敌。

☆此时，郭锐和侦察队战士们正在与敌人的摩托车队激战。敌兵纷纷中弹，摩托车东倒西歪，一片狼藉。郭锐率战士们冲下山来，继续追赶残敌。

与此同时，孙秀英和孙诚率领的民兵埋伏在山头。

看到敌人的两辆卡车驶近，孙诚这时一声令下，孙诚和民兵拉响了地雷。

地雷连连被引爆了，敌人的卡车被炸飞了。车上的国民党军士兵被炸翻在地，晕头转向地爬起来都不知道敌人在哪里。

一个军官大叫着："游击队！上！"他拼命指挥着士

兵往上面冲去。

　　与此同时，郭锐这边的战士们追击着摩托车队。摩托车队的敌兵只剩下了最后一个了，只见他骑上摩托车想往回逃跑。郭锐端着枪追过来，一枪将其击毙了，摩托车失去了控制，拐了几个弯，最后爆炸起火了。

　　郭锐把手里的枪放下，正看着前面着火的摩托车，大刘也端着枪过来了，正在这时，他们听见了山上传来的枪声，郭锐往那边的山上看着，兴奋地对大刘说："是秀英他们！大刘，你带一个组掩护他们马上撤退！"

　　大刘听了之后，马上回答："是！一组，跟我来！"随后大刘立即率领着几个战士跑去了。

☆与此同时，郭锐这边的战士们追击摩托车队。敌兵只剩下最后一个，骑上摩托车想往回逃跑。郭锐一枪将其击毙，摩托车爆炸起火。这时，他们听见山上传来枪声，郭锐兴奋地说话："是秀英他们！大刘，你带一个组掩护他们马上撤退！"大刘回答："是！一组，跟我来！"他立即率领几个战士跑去。

此时，孙秀英正在带领着民兵在山头上朝着山下的敌人射击。

　　敌兵不断地往山上冲，还有军官在后面不停地喊道："往上冲！快往上冲！"

　　大刘带了几个战士跑了过来，对孙秀英说："你带领着民兵马上撤退，我来掩护你们。"孙秀英听了之后，不同意大刘的建议。她一边朝着山下的敌人射击着，一边对大刘说："不，你们撤，我们来掩护。"

　　大刘听了孙秀英说的话之后，大声地喊道："秀英同志，快撤！"

☆孙秀英带领民兵在山头射击。敌兵不断往山上冲。大刘带了几个战士跑来，对孙秀英说："你带民兵马上撤退，我来掩护你们。"孙秀英说："不，你们撤，我们来掩护。"大刘大声喊道："秀英同志，快撤！"一旁的孙诚请求道："大刘，我留下吧！"大刘同意了。他一边射击，一边催促："秀英同志，快！"孙秀英只得带领民兵撤离。

一旁的孙诚向大刘请求道："大刘，我留下吧！"

　　大刘一边朝着山下的敌人射击着，一边对孙诚点点头，说："好。"

　　就这样，大刘同意了孙诚的建议。

　　大刘一边射击，一边催促着孙秀英：　"秀英同志，快！"

　　孙秀英没有办法，只好答应道："好吧。"说完，孙秀英站起来只得带领着民兵撤离了。

　　眼看着敌人就要爬上来了，大刘带领着战士们朝着敌人猛烈地射击着，接着大刘站起来端起机枪朝着敌人射击，一排一排的敌人死在了大刘的机枪下。

第十章 丰城中全歼敌军

在国民党军的师部，敌师长在办公室正在焦急地来回踱着步，一个军官急急忙忙地推门进来报告道："报告师长，我追击和拦截部队在松树岭一带遭到共军袭击。"

☆在国民党军的师部，一个军官正在报告："报告师长，我追击和拦截部队在松树岭一带遭到共军袭击。"师长吃惊地说："什么？"军官说："李处长、王队长下落不明。"师长大为震惊，转身冲着副师长说："咳，李处长落到了共军手中，那我们的防御部署可就全完了。"

敌师长听了之后，吃惊地问道："什么？"

军官接着给敌师长说： "李处长、王队长下落不明。"

敌师长听了之后大为震惊，着急地走到了窗户的跟前朝着外面看了看，接着又转身冲着副师长说："咳，李处长落到了共军的手中，那我们的防御部署可就全完了。"

敌副师长听了之后，给敌师长建议道："师座，我们马上改变收缩的时间和路线……"

师长听了敌副师长的建议后，着急得直拍桌子，看着副师长说："啊呀，我的副师长，我们的部队已经向

☆副师长建议："师座，我们马上改变收缩的时间和路线……"师长听了直拍桌子："啊呀，我的副师长，我们的部队已经向丰城运动，来不及啦！"说着他像热锅上的蚂蚁在屋里来回踱步，一边抽烟一边考虑对策。副师长也不知如何是好，嘟囔着："那……"

丰城运动，来不及啦！"

说完，敌师长像是热锅上的蚂蚁在屋里来回踱着步，一边抽烟一边考虑着对策。

敌副师长也不知道如何是好，看着桌子上的地图，嘟囔道："那……"

敌师长猛地停住了脚步，看了一眼副师长："哼！"他似乎下定决心孤注一掷，又转过头来，对军官说："命令部队，遇到共军，不惜一切代价，火速向丰城靠拢！"

☆师长猛地停住脚步："哼！"他似乎下定决心孤注一掷，对军官说："命令部队，遇到共军，不惜一切代价，火速向丰城靠拢！""是！"军官答应着急步跑出屋去。

"是！"军官答应着急步跑出屋去。

此刻，在解放军指挥部，司令员正在打着电话，只

听见司令员对着电话筒说："报告首长，敌人继续向丰城移动。……对啊，根据我侦察部队的报告，敌人于今天下午三点通过张各庄以南的丘陵地带。我作战部队已经进入预定作战地区。是!"

☆这时，在解放军指挥部，司令员正在打电话："报告首长，敌人继续向丰城移动。对啊，根据我侦察部队的报告，敌人于今天下午三点通过张各庄以南的丘陵地带。我作战部队已进入预定作战地区。是!"

司令员放下电话，这时政委来到了他的面前。司令员转过身来，微笑着对政委说："首长指示我们按原计划执行。"

政委也微笑着说："敌人想改变计划也来不及啦。呵呵，我们要按照毛主席的教导，在运动中歼灭敌人，尔后攻克丰城!"

司令员听了之后，非常赞同政委的话，就接着说：

"对！决不能让敌人跑掉。"

正在这时，一位参谋跑步进到指挥部，来到司令员的面前，说："报告！首长，敌人已经进入我伏击圈。"

司令员听了以后，立刻挥手下令："命令部队，马上向敌人发起猛烈攻击。"

☆一位参谋跑步进到指挥部说："报告！首长，敌人已经进入我伏击圈。"司令员挥手下令："命令部队，马上向敌人发起猛烈攻击。"

解放军的几十门大炮齐齐地朝着敌人的阵地射击。炮声轰鸣，震天动地。

炮弹准确射向敌军的阵地，爆炸不断，硝烟弥漫。

解放军的司号员举起军号，冲锋号声响起。解放军战士像下山的猛虎，大声呐喊着持枪冲向敌军阵地。

经过一番激战，国民党军士兵纷纷放下武器，举手投降。

此时，在国民党军师部，一个军官跑进来，慌慌张张地说："报告师长，张村、李庄、鲁城失守。共军正向丰城猛扑过来……"

敌师长听了之后，声嘶力竭地喊着："叫他们给我顶住！给我顶住！"

☆此时，在国民党军师部，一个军官跑进来，慌慌张张地说："报告师长，张村、李庄、鲁城失守。共军正向丰城猛扑过来……"师长声嘶力竭地喊着："叫他们给我顶住！给我顶住！"

与此同时，在解放军指挥部，司令员在电话里命令道："用猛烈炮火摧毁丰城内的敌人的阵地！"

郭锐正率领着侦察队埋伏在丰城的城外，抬头看到信号弹升起来了，大声地命令道："同志们，冲啊！"侦察队战士急速冲向丰城。

与此同时，在丰城城里，梁忠带领地下党的同志也看到了信号弹。他们向据守城门的国民党军士兵投掷炸弹。爆炸声中，他们冲向城门方向。

☆与此同时，在丰城城里，梁忠带领地下党的同志也看到了信号弹，他们向据守城门的国民党军士兵投掷炸弹。爆炸声中，他们冲向城门方向。

丰城城门被打开，郭锐率领着侦察队首先冲进丰城。紧接着，孙秀英带领民兵也一边射击，一边冲了进来。随后，解放军各部队的战士和各村的民兵纷纷冲进了城里。

英勇的中国人民解放军大军兵临城下，国民党军不堪一击。黄雨轩和一大批国民党军官束手被擒。

国民党军师部也是一片混乱。通往外面的电话已经打不出去了。敌师长想要逃窜，被解放军战士用枪顶住。

郭锐率先冲了进来，高声喊道："别动！举起手

☆国民党军师部也是一片混乱。师长欲逃窜，被解放军战士用枪顶
　住。

☆郭锐率先冲了进来，高声喊道："别动！举起手来！"郭锐发现了
　国民党军的师长，愤怒的目光牢牢地盯住他的一举一动。

来!"郭锐发现了国民党军的师长,愤怒的目光牢牢地盯住他的一举一动。

国民党军师长用阴沉的目光看了一眼郭锐,然后转过身去,掏出贴身藏着的手枪,打算顽抗到底。

☆国民党军师长用阴沉的目光看了一眼郭锐,然后转过身去,掏出贴身藏着的手枪,打算顽抗到底。

郭锐手中的枪立即射出一串愤怒的子弹。

国民党军师长被郭锐当场击毙。随后郭锐转向其他的军官,命令道:"押下去!""走!"战士们迅速押着这些军官离开师部。这标志着解放丰城的战斗胜利结束。

解放军的大部队整齐地列队行进在丰城大街上,老百姓挂起了大串的鞭炮,然后点着,在庆祝着解放军的到来。当地的民众手里举着旗子,嘴里大声地呼着口号,手里拿着给解放军送来的各种慰问品,站在大街的两旁热烈地欢迎着人民的子弟兵。

　　民兵的同志们站在一个二层的小楼上，手里拿着鞭炮，大声地朝着街上走着的解放军呼喊着。卖水的老大爷也来到了大街上，和所有的民众一起欢迎解放军的到来。只见老大爷的胳膊上还挎着一个篮子，里面装着的是老大爷精心给解放军的同志们准备的好吃的。

☆解放军的大部队整齐地列队行进在丰城大街。当地民众举着旗子，呼着口号，送着各种慰问品，热情欢迎人民的子弟兵。

　　解放军的战士们现在还不能接收老百姓送来的东西，都婉言谢绝了，老大爷手里摸着篮子里自己精心准备的东西，望着解放军战士一个个从他的身边走过去。

　　丰城的民众都以自己特别的方式迎接着解放军同志们的到来，这是他们盼望已久的事情，他们长期在国民党反动派的压迫之下，整天过着暗无天日的日子。现在好了，解放军来了，他们的日子要发生很大的变化了，他们翻身成了生活的主人，这是他们梦寐以求的事情。

郭锐率领着侦察队的战士们，穿着崭新的军装，跑步来到了丰城中心区的一座大院。这里是刚刚设立的解放军指挥部。

郭锐率先跑进了院子里，笑着敬礼道："司令员，政委！"

☆此时，郭锐率领侦察队的战士们，穿着崭新的军装，跑步来到丰城中心区的一座大院。这是刚刚设立的解放军指挥部。郭锐率先跑进院里，笑着敬礼道："司令员，政委！"

大街上的两旁悬挂着大红旗，在风中迎风飘扬，街上民众一浪高过一浪的欢呼声，也深深地渲染着这个小院子。司令员和政委听着外面的欢呼声，心中非常高兴，这就是他们要为之奋战想要的结果，他们的目的就是让受苦受难的老百姓能过上好日子。

　　司令员和政委满脸笑容地热情地迎上前，拉住郭锐的手，说："好好好！"他们忙着又是还礼，又是握手，跟郭锐和侦察队的指战员们亲切交谈。

☆司令员和政委热情地迎上前来说："好好好！"他们忙着又是还礼，又是握手，跟郭锐和侦察队的指战员们亲切交谈。

　　正在此时，孙秀英带领着民兵的同志们边大声地喊着："首长！"边快步跑进了院子里，来到了司令员和政委的面前。孙秀英紧紧握着司令员和政委的手，激动地说："首长好！"

　　司令员握着孙秀英的手，连连说："好，好，好。"司令员和政委微笑着开始热情地与每一个民兵握手致意。

　　最后，政委代表指挥部向全体军民问候："同志们，你们辛苦了！"

孙秀英带领着大家齐声回答："首长辛苦！"

☆孙秀英带领大家齐声回答："首长辛苦！"

司令员兴奋地对侦察队的战士们说："同志们，祝贺你们出色地完成了党交给你们的光荣任务！"

郭锐率领侦察队全体指战员齐声雄壮地回答："为人民服务！"

政委接着语重心长地说："郭锐同志，你们发挥了一个人民战士机智、勇敢、沉着和大无畏的革命精神。我们要战斗下去，直到取得彻底的胜利！"

郭锐专注地听着首长的讲话。

司令员接着慷慨激昂地鼓励大家："我们伟大的毛主席说，打倒蒋介石，解放全中国。我们要继续前进！"

司令员的话刚落音，立刻爆发出一阵热烈的掌声和欢呼声。司令员走向郭锐，紧紧握住他的手，又下达了新的命令："郭锐同志，现在命令你，率领一支侦察队深入江宁一带敌占区进行侦察。"

郭锐庄严地向首长们敬礼，铿锵有力地回答："是！"

☆郭锐庄严地向首长们敬礼，铿锵有力地回答："是！"

电影传奇

编导李文化小传

　　李文化（1929－2012），著名电影摄影师，国家一级电影导演，河北省滦平县人。

　　1949年，李文化调入北京电影制片厂，任摄影师，先后拍摄纪录片50余部，并有多部优秀作品在文化部的评选中获奖；同时他还拍摄过《早春二月》、《红色娘子军》、《海港》等观众非常熟悉的电影，成为北影厂最有名的摄影师。1972年，李文化由摄影师转做导演，《侦察兵》成为其自编自导的第一部电影。而后，又相继执导了《决裂》、《海囚》、《反击》等多部优秀电影。1979年，李文化导演的电影《泪痕》同时荣获第三届"百花奖"最佳故事片奖以及文化部1979年优秀影片奖两项殊荣。改革开放后，大陆第一部七十毫米武侠电影《无敌鸳鸯腿》以及之后的《金镖黄天霸》、《索命逍遥楼》、《黑雪》等等，使他当之无愧地成为了中国武侠电影第一人。李文化因病于2012年6月19日17时20分离世，享年83岁。

李文化参与的电影

《粮食》 ························· 1959年
《矿灯》 ························· 1959年

《五彩路》…………………………… 1960 年

《耕云播雨》………………………… 1960 年

《花儿朵朵》………………………… 1962 年

《早春二月》………………………… 1963 年

《千万不要忘记》…………………… 1964 年

《煤店新工人》……………………… 1965 年

《红色娘子军》……………………… 1970 年

《海港》……………………………… 1973 年

《草原儿女》………………………… 1975 年

《侦察兵》…………………………… 1974 年

《决裂》……………………………… 1975 年

《百花争艳》………………………… 1976 年

《反击》……………………………… 1976 年

《泪痕》……………………………… 1979 年

《海囚》……………………………… 1981 年

《白鸽》……………………………… 1982 年

《泥人常传奇》……………………… 1983 年

《爱与恨》…………………………… 1985 年

《芙蓉女》…………………………… 1986 年

《绿色的网》………………………… 1986 年

《金镖黄天霸》……………………… 1987 年

《无敌鸳鸯腿》……………………… 1988 年

《血泪情仇》………………………… 1989 年

《混世魔王程咬金》………………… 1990 年

《索命逍遥楼》……………………… 1990 年

《泰山恩仇》………………………… 1991 年

《落花坡情仇》……………………… 1991 年

《黑雪》……………………………… 1992 年

《京城劫盗》………………………… 1992 年

《龙凤娇》…………………………… 1993 年

主演王心刚小传

王心刚，1932年1月生。1950年9月入伍。1973年1月加入中国共产党。入伍后为沈阳军区军工局文工团演员，1951年9月，任东北军区文工团演员。1956年，长春电影制片厂副导演广布道尔基来到抗敌话剧团，为即将开拍的反特故事片《寂静的山林》挑选男主角。王心刚出众的相貌和特有的军人气质，让广布道尔基一眼看中了他。1958年1月，任八一电影制片厂演员。八一电影制片厂精心拍摄了彩色献礼影片《海鹰》，该片导演严寄洲不仅使刚调入该厂不久的王心刚步入了其电影生涯的巅峰阶段，而且挖掘出一对俊男靓女式的"银幕最佳搭档"——王心刚和王晓棠。并在此后，塑造了一系列令人难忘的角色。1962年，王心刚被文化部评选为新中国"二十二大"电影明星之一。1975年12月，任八一电影制片厂副厂长。1988年9月，确认为国家一级演员。在1995年纪念世界电影诞生100周年、中国电影诞生90周年时，又当选为文化部评选的126名"中华影星"之一。曾在《寂静山林》、《牧人之子》、《永不消逝的电波》、《海鹰》、《勐垅沙》、《红色娘子军》、《哥俩好》、《野火春风斗古城》等多部影片饰演主要或重要角色。

王心刚参与的电影

《寂静的山林》 ················· 1957 年

《牧人之子》 ··················· 1957 年

《破除迷信》 ··················· 1958 年

《永不消失的电波》 ············· 1958 年

《海鹰》 ······················· 1959 年

《勐垅沙》 ····················· 1960 年

《红色娘子军》 ················· 1961 年

《哥俩好》 ····················· 1962 年

《野火春风斗古城》 ············· 1963 年

《秘密图纸》 ··················· 1965 年

《烈火中永生》 ················· 1965 年

《侦察兵》 ····················· 1974 年

《南海长城》 ··················· 1976 年

《大河奔流》 ··················· 1978 年

《绿海天涯》 ··················· 1979 年

《伤逝》 ······················· 1981 年

《知音》 ······················· 1981 年

《我的长征》 ··················· 2006 年

主演杨雅琴小传

　　杨雅琴（1944－1997），八一电影制片厂演员。山东济南人。16岁时考入济南军区话剧团，曾在济南军区前卫话剧团任话剧演员，后调入八一电影制片厂任演员。

　　杨雅琴在济南军区前卫话剧团任演员期间，被八一电影制片厂前来山东胶东拍摄影片《地雷战》的导演一眼看中。于是，这部电影中的游击队员田嫂便成了杨雅琴的第一个银幕角色。紧接着，在八一厂"文革"前的最后一部电影《苦菜花》中她便成功地饰演了这部电影中的主要角色之一"娟子"。这也是她真正第一次在银幕上的光彩闪现。

　　后来在北影厂拍摄的《青春似火》、《侦察兵》和《第二个春天》三部影片中，她分别出演了三个"工农兵"的主要形象。靠着这三个在当时影响甚广的女主角，杨雅琴终于在那个特殊年代里，登上了"幸运女神"的宝座。

　　由于特殊的原因，杨雅琴过早地离开了自己的演艺事业，在八一厂提前办理了内退手续，离开了恋恋不舍的广大电影观众。其后，随丈夫前往香港定居。1980年她回到了阔别16年的北京。1997年9月29日无情的病魔夺去了杨雅琴年仅53岁的生命。

杨雅琴参与的电影

《地雷战》 …………………………… 1962 年

《苦菜花》 …………………………… 1965 年

《侦察兵》 …………………………… 1974 年

《第二个春天》 ……………………… 1975 年

《青春似火》 ………………………… 1976 年

《我的十个同学》 …………………… 1979 年

《蒙根花》 …………………………… 1979 年

《漩涡里的歌》 ……………………… 1981 年

《心灵深处》 ………………………… 1982 年

《西子姑娘》 ………………………… 1983 年

《远方》 ……………………………… 1984 年

主演安震江小传

安震江，北京电影制片厂演员。生于北京昌平，1948 年入北平师范大学历史系。1951 年入文化部电影局电影表演艺术研究所学习。1953 年毕业于电影学校，后入北京电影演员剧团。1954 年，在《沙家店粮站》中出演反角尚怀宗。1955 年入长影任演员，先后在《沙家店粮站》等多部影片中饰演角色。1957 年，回北京电影制片厂，演出《红孩子》、《红旗谱》、《暴风骤雨》、《侦察兵》等片，以专门饰演形形色色的坏蛋而著称。

1948 年，安震江考入了北平师范大学历史系。1949 年 1 月 31 日北平解放后，党和人民政府对文艺工作的重视，使安震江受到极大的鼓舞。1949 年师大校庆时，他在歌剧《王贵与李香香》中饰演的崔三爷和 1950 年在歌剧《王秀鸾》中饰演的三秃子，显露了他在饰演反派角色方面的艺术才华。1950 年，在庆祝师大工会成立时，他参加了由焦菊隐指导排练的四幕剧《大年初一》的演出。

1951 年 3 月，安震江考入北京电影学校演员班。1953 年，安震江从电影学校毕业后，被分配到北京电影演员剧团工作。1954 年，在武兆堤导演的《沙家店粮站》中饰演尚怀宗，这是安震江在银幕上饰演的第一个角色。1955 年，安震江调到长春电影制片厂演员剧团任演员。在"长影"的三年时间里，先后参演了影片《平原游击队》、《虎穴追踪》、《暴风中的雄鹰》、《地下尖兵》等影片。1957 年 5 月，安震江从"长影"调到北影演员剧团工作。这以后，到"文化大革命"之前，他参加拍摄的影片有《红孩子》、《暴风骤雨》、《红旗谱》、《矿灯》、《粮食》、《五彩路》等。

"四人帮"覆灭前夕，安震江先后参加了影片《侦察兵》、《烽火少年》、《沸腾的群山》等的拍摄工作。之后，他又参加了影片《战地黄花》的拍摄。1977 年，安震江接受参加影片《巨澜》的拍摄任务后，带着强烈的创作欲望和激情，深入到生活的激流中去。1977 年 9 月 12 日，猝然发作的心脏病和脑血栓，夺去了他的生命，终年仅四十九岁。

主演方辉小传

　　方辉原名方城，1929 年出生于沈阳市，是北影以饰演各种反面人物形象见长的著名演员。小学毕业后到北京上了中学，爱演戏和体育活动，高中时曾演过话剧《雷雨》，饰演二少爷。高中毕业后，报考东北大学体育系未果，转而考入私立北平中国大学政经系读书。

　　北平解放后，方辉报考了华北大学戏剧部。在华北联大学习，虽然只有七八个月，却是他人生道路和艺术道路上的转折点。结业后，分配到北影演员科，开始了电影演员的生活。头一部电影是 1950 年《民主青年进行曲》，在其中扮一个学生，算是一个大龙套。1957 年以前，方辉在影片中主要饰演正面人物，如《走向新中国》中的工人老马，《三个战友》中的农村合作社社长，《怒海轻骑》中的渔民顾阿根等。1957 年，26 岁的方辉在影片《英雄虎胆》中饰演了一个五六十岁的土匪司令李汉光。这是他在银幕上饰演的第一个反面角色。开始担心演不好。导演严寄洲说，你完全能够胜任这个角色。他在解放前的天桥，见到过流

氓恶霸一类的人，左手提鸟笼，右手玩铁球，身穿灯笼裤。方辉便把这种人的外形动作运用到李汉光的创造中来，表演得富有特色，赢得了好评。从此，开始了他在银幕上专演反派角色的艺术生活。后来相继在《五彩路》中饰演了一个藏族头人的大管家，《粮食》中饰演国民党治安军排长李德胜，《无名岛》中饰演冯占魁，《暴风骤雨》中饰演地主的狗腿子李青山，《泪痕》中饰演"四人帮"的爪牙，《奇异的婚配》中饰演一个彝族头人的管家等。《粮食》中，把这个狗仗人势欺压百姓，而又受尽日本主子窝囊气的人物复杂性格及感情准确地表现出来。用方辉自己的话说：算在电影上入了门。1975 年在崔嵬导演的《红雨》中扮演一个靠诈骗为生的山区医生孙天福，把这个人物刻画得颇具特色，得到了同行好评。在他从影的三十多年里扮演的反角形象中，有的嗜杀成性，有的为虎作伥，有的刁钻阴险，有的造反起家耍弄权术。方辉以自己的表演创造赋予了角色各自的性格光彩，栩栩如生，演来得心应手。甚至任务急，准备时间短，也能很好上戏。

方辉参与的电影

《民主青年进行曲》……………………………… 1950 年

《走向新中国》………………………………… 1951 年

《无穷的潜力》………………………………… 1954 年

《怒海轻骑》…………………………………… 955 年

《一天一夜》《英雄虎胆》《山里的人》

《三个战友》…………………………………… 1958 年

电影背后的故事

1. 剧本的诞生

"文化大革命"后期,在周恩来总理的亲自过问下,中国电影界在经历了长时间的浩劫以后,终于露出了一线生机。全国四大电影厂又开始了故事片的创作与生产。

当时,军宣队进驻北京电影制片厂,负责人叫狄福才,来自部队,是中央文革小组成员,主管全国的电影工作,由于北影厂受他直接领导,因此单位的级别也上升了不少。军宣队领导鼓励极少数被"解放"出来的业务人员抓剧本,争拍故事片。他当着谢铁骊、钱江和李文化三个人的面,要求他们立下"军令状",每个人必须在较短的时间内亲自动手赶写一个剧本。本想早日投入摄影工作的李文化,只好带着无可奈何的心态去试一试。

接到任务以后,李文化就一头扎进厂里的图书馆,在大量被查封的图书中来回穿梭。大约是经历了一个月左右的时间,李文化终于找到了一本刘知侠写的中篇小说《一支神勇的侦察队》。这部小说讲述了解放战争时期,我军一支侦查部队打进敌人心脏地区,获取情报,配合大部队一举歼敌的故事。李文化感觉小说适合电影表现,于是就在小说的基础上琢磨电影剧本——《侦察兵》。

一稿出来以后,李文化并不满意。他就索性奔赴石家庄,找到了小说中的男主人公原型——一位英勇善战的侦察团长,边采访边修改。在二稿中,李文化将侦察团长讲述的很多故事，充实到了电影剧本中，让整个剧本更加连贯顺畅、丰富多彩。

李文化对剧本第二稿还是较为满意的，于是他将其送到厂军宣队去审查。剧本很快就获得通过了。

2. 从摄影转职为导演

剧本通过以后，在影片开始拍摄以前，李文化主动请缨担任这部戏的摄影工作。不料，狄福才给他的答复让他更为吃惊——"不但要摄影，还要亲自执导"。为了避免"锋芒毕露"招致非议，李文化主动提出在厂里另外再挑选一个摄影师协助拍摄。这便是后来在影片开头字幕上署名的摄影孙昌一。就因为这次狄福才"一言九鼎"的指定，李文化便改行当了电影导演，通过一部电影彻底改变了他下半辈子的人生命运。

3. 挑选演员的故事

摄制组成立以后，下一个重要的工作就是挑选演员。说到《侦察兵》挑选演员的时候，还有一个可笑的插曲。当时军宣队进驻北影厂，这些军代表对拍电影一窍不通，但军人有军人朴实的一面，不太干涉圈内人的创作，也就直接造成了当时北影的创作氛围相对比较宽松。

然而外行领导内行，免不了有办傻事的时候，一次，军宣队有些人脑子一热，突然提出拍电影也要和工农兵相结合，《侦察兵》中解放军的角色，也应该由解放军来演，摄制组只好安排军宣队中一位团级干部，扮演影片中的政委，结果样片出来以后，看着自己在银幕上的笨拙表演，这位军代表自己也哭笑不得，只好自请换人，最后换上了于洋，军代表以后彻底不干涉剧组了。

这件事对北京电影制片厂今后的工作产生了很大的

影响，在随后的是非日子里，北京电影制片厂的创作受外界干扰就小了许多。

排除了外行的无理干扰，李文化趁机把北京电影制片厂的许多在北京远郊"五七干校"农场里劳动改造的众多演员如于洋、于蓝、关长珠、安震江、李林、于绍康、方辉等人，选进剧组里来。这让被给予二次"政治生命"的演员们喜出望外。另外，根据角色需要，还借用了八一电影制片厂的杨雅琴来扮演女主角孙秀英，中国儿童艺术剧院的邵冲飞来出演反面一号。郑重、金征源、王达成等演员，也都应邀参加了演出。

男一号"郭锐"的扮演者，却让李文化颇费了一番周折。李文化在谈到这件事情的时候说："影片在筹备的时候，男主演定的就是王心刚。但是总参和总政治部决定让他上另外一部戏，没有办法，我只好另谋人选。我考虑到用张勇手，张勇手都试好镜头了，到了拍的时候又不行了。他要上重拍的《南征北战》，因为早定了他了。当时想《南征北战》一时半会儿还上不了，可以先拍完《侦察兵》，再上《南征北战》。但是《南征北战》提前开机，他必须去演。"

李文化会选王心刚，原因有很多。最重要的，有两个方面。其一，王心刚本身就是部队演员，军人气质浓厚，再加上已经在《海鹰》、《红色娘子军》、《勐垅沙》等多部影片中成功出演军人形象。其二，王心刚与李文化一起合作过影片《南海长城》，结下了深厚的友谊。念及旧情的李文化，当然会首先想到王心刚。不过既然王心刚另有安排，那么他只能找另一位成名的"英俊小生"张勇手。张勇手已经成功出演了《黑山阻击战》、《林海雪原》、《奇袭》等多部影片。可是《南征北战》重拍的提前，让张勇手也不能参加影片拍摄。现在，王心刚和张勇手都落了空，而影片拍摄的计划时间马上就要到了。这可难坏了李文化。

无奈的李文化只能找到长春电影制片厂的庞学勤来试妆，偏偏这个时候，王心刚又回来了。他说，领导考虑来考虑去，还是让他演这个戏。王心刚的意外归来，让庞学勤只得打道回府。就这样，男一号有了，就是李文化意向中的王心刚。

4. 导演外景地受伤

这部影片的外景地在山东淄博。1974年初夏，李文化带着摄制组来到了淄博。一次，李文化为了第二天拍摄的顺利，就在结束当天的工作以后，亲自去查看外景地。不过就在这次查看的时候出了意外。司机由于疲劳，导致卡车突然冲向一侧的悬崖。司机猛然惊醒过来，猛打方向盘，车头重重地撞到了山路一边的岩石上。李文化由于受到巨大的冲击力，重重地撞到车窗玻璃上。顿时，鲜血顺着眼角和额头，从两端的脸颊流了下来。幸运的是，坐在后头无篷车里的摄影师、美工、制片等人，只是受了轻伤。

随后，李文化他们的摄制组的受伤人员被紧急送到了几百里以外北京积水潭医院。一个多月以后，李文化带着这次车祸在脸上留下的几道永久性伤疤，又急匆匆地赶回了山东淄博外景地，回到了《侦察兵》摄制组，抓紧时间进行电影拍摄。

5. 两份截然不同的总结

1974年年底，《侦察兵》在全国隆重上映了。这部惊险而颇具传奇色彩的战斗故事片，终于打破了"革命样板戏"和"新闻简报"在较长时间内占领银幕的局面。

可是，没过多久，李文化就接到国家文化部转达江

青的指示，大意是：李文化是摄影出身，这次拍摄《侦察兵》，又当编剧，又当导演，挺不容易，应该写个材料总结一下。就这样，李文化花了一个星期的时间对影片的各个方面进行了细致地总结，还请朋友帮忙进行了润色。就在他准备把这份总结交上去的时候，第二次指示到了。

江青的第二次指示，大意是：电影不真实，严重脱离生活，需要认真总结一下。看完第二次指示，李文化一下子懵了：这是怎么回事？一会儿说好，一会儿说不好。无奈的李文化只得连夜从指示的两方面入手，查找问题，东拼西凑缺点，做了一份类似于自我检讨的总结。就这样，十几天之内，两份性质不同的总结都完成了。李文化拿着两份截然不同的总结材料找到了军宣队的负责人狄福才，小心翼翼地问："一个是写优点的，一个是写缺点的，到底要哪一个？"狄福才倒是很干脆，表示要第二个。

就这样，大约过了二十多天，当李文化在内蒙古呼伦贝尔草原体验生活的时候，他意外地从报纸上看到了自己写的总结第二稿。文章登在《解放军报》上，正版刊发，有一个大标题"在实践中学习和锻炼——创作影片《侦察兵》的体会和教训"。李文化看到这篇文章的时候，头脑一片空白，感到十分震惊。后来他还听说，文章首发在《人民日报》。

不过，幸运的是，接下来的情况出现了短路和盲点，因此这部电影没有给他带来更多的灾难。这件事情后来无疾而终，有惊无险。